書淫日記

万葉と現代をつないで

上野誠［著］

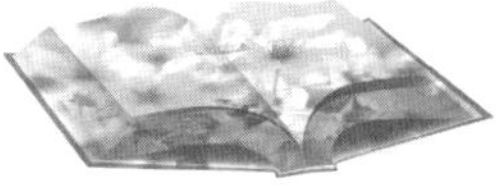

ミネルヴァ書房

はじめに――書淫日記の由来《いわれ》

「書淫」とは不思議なものの言い方だと思われた読者も多いことだろう。「淫乱」と言えば、今日では性的欲望が大きく、それを見境なく満たしてしまう困り者を言う蔑称であるが、「淫」はもともと過度に何かに傾くことを言う。したがって、性についてのみ言う言葉ではなかった。だから、本書の言う「書淫」とは、書を読んだり、買ったりすることについて、見境のない人間という意味で用いているのである。これは、中国正史の列伝等にも出てくる言葉であるが、私がこの語を学んだのは、渡辺紳一郎（一九〇〇‐一九七八）の『放電放談』（冬心社、一九五二年）による。渡辺は、朝日新聞の生涯いち平記者として一生を終えた人物であるが、戦前支局員としてパリに赴任し、抱腹絶倒のエッセイを書き、また戦後、ラジオ「話の泉」で有名になった物知り博士であった。その『放電放談』に、自分のことを「書淫」と称しているのである。

ではなぜ、今日では知る人ぞ知る人物となっていた渡辺紳一郎の文章を読み漁ったかと言えば、同じ戦前のパリを中心に活躍した石黒敬七（一八九七‐一九七四）という人物の本を読んだからである。石黒は、今日、古写真や骨董の蒐集家として、また欧州を行脚して柔道を普及させた快男子として知られるが、一方、日本からやって来た紳士たちのパリの案内人でもあった。ただ、それは、夜の街の案内人である。この男、語学と言えば、たった四十か五十の単語を羅列することしかできなかったが、その貧乏を楽しむかのごとくに、闊達としてパリに遊んだ人物であったらしい。同じころに在仏していた秀才の仏文学者たちが、自分のフランス語が通じないことを心に病んで、ノイローゼとなり、下宿に引き籠っていたのとは大違いである。ただ、石黒は戦後、自分が娼館に案内した紳士たちの奇行録を実名で書いており、こちらはいただけない（いただけないが、興味津々になってしまったのは、私の下品なところである）。

ではなぜ、石黒のことを知ったかと言えば、戦後、読売新聞の副主筆になった松尾邦之助（一八九九-一九七五）の文章に、石黒のパリ時代のことが出てきており、石黒に興味を持つに至ったからであった。松尾という男も、これまたわけのわからぬ人物であり、外語大で仏文を学んだあと、パリに留学し、赤貧の青春物語を地でゆくパリ生活を経たのちに、結局パリに二十年以上住みついて、一九四五年の敗戦とともに流れ流れて日本に帰って来た風来坊であった。途中から、読売新聞の支局員となるも、もともとはアナキスト。笑ってしまうのは、売春防止法の制定にあたって、国会の参考人となり、堂々と反対の論陣を張った御仁なのである。それも、当時、読売新聞の副主筆であるにもかかわらずである。書いた文章を見ると、よくもまぁ、これほどパリで遊んだなと、呆れるほかはない。

こういう読書をしていると、あっという間に一年や二年は経ってしまうし、大きな声では言えないが、古書肆への支払いは、ゆうに夏冬のボーナスを超える額となってしまった。

したがって、本書にいわゆる読書家、篤学の士の蘊蓄を求めても、それは木に登って魚を求めるがごときものである。以上が、書名のいわれであり、本書の「主人敬白」ならぬ、「著者敬白」の口上であるのだが……。

二〇一三年　五月

上野　誠

書淫日記――万葉と現代をつないで　目次

目　次

一　人生あをによし——博多、東京、そして奈良

講演している私。自分でいうのは、傲慢だが、講演はうまい方だ、と思う。が、しかし。私の講演は、あまりにも作為が見え過ぎて、あざといこともある。それは、文章も同じで、ほんとうはもっと自然体であるべきかもしれない。

おら　九州男児ばい！

自伝というものは、あたかも「現在」に至った経緯が一本の道のように示されるものだが、実際の人生はそんな単純なものではない。しかし、不思議なことに、書き進めていくと、あたかも一本の道であったかのように見えてしまうものなのである。今日、私は古典研究、なかんずく『万葉集』の研究者として、大学に奉職し、生計を立てているが、いくつかの偶然が重なって「今」があるだけだ。一方、その偶然を繋いで、あたかもそれが必然であったかのごとくに書くのも自伝なのである。ここしばらく、読者の皆さんは、取るに足りない私の自慢話に付き合わされるわけだが、自伝とは、偶然を必然に見せるトリックであるということを、忘れないでほしい。

よく「上野先生は、奈良県のご出身ですよね」と聞かれるが、私はまごうことなき九州男児。生まれは福岡県の旧甘木市で、現在の朝倉市である。育ったのは、福岡市の高宮というところで、ここに十九歳まで住んでいた。『万葉集』がお好きな方には、こう言うことにしている。「生まれは斉明天皇の筑紫朝倉宮の近く、育ちは大津皇子が生まれた那の大津の近く、だから私は大津皇子の生まれ変わりで、おぎゃあと生まれた瞬間から、『万葉集』を専攻する運命にありました」と。もちろん、ウソだが。ただ、こんなことは、言えるかもしれない。奈良ほどではないにしても、福岡は古代史や『万葉集』に対する関心がきわめて高い土地である。というのは、北部九州は古代大陸交流の拠点で、遺跡も多いのだ。

もうひとつ、奈良との共通点がある。それは、俳句が盛んな土地だということだ。しかも、奈良と同じように、いわゆるホトトギス系の俳人が多いところだ。実は、親戚のほとんどは、福岡では選者級の俳人なので、法事などが済むと、すぐに即席の句会になってしまう。しかし、私は俳句をしない。というのは、小さい時から俳句、俳句と言われ続けて、反発しているのである。今も、「誠シャンなどうして俳句ばしなさらんと、お母シャンの繁子シェンセエーに習ろうたらよかろうもん。ほんなこて」と異口同音に言われて、うんざりしているのだ。そんな時、私は、こう言い返す。「おらしぇんばい、じぇったいしぇんばい俳句だけは!・」と。母の繁子は、甘木の衣料商の家つき娘で、雑誌『ホトトギス』の同人として、九州の俳壇では活躍していた時期もあったから、こう言われるのである。

とは言うものの、俳句のこころのようなものは、受け継いでいるような気がする。母の俳句は川柳に近い軽妙なものが多く、姉の成人式の時、「振袖の肩の重みは父が背負い」などとすぐに詠んだ。時折、私の講演は「軽妙洒脱で最後にオチがある」と言われるが、良くも悪くも、俳句的精神だ。母の俳句の先生は河野静雲という俳人で、水原秋桜子や吉岡禅寺洞と懇意であった関係からその句境が、淡く、軽く、ユーモラス。そのユーモアは、博多人独特の、屈折感ある自虐ネタだ。

博多で私が講演すると、母が仲間や弟子に無言の圧力を掛けて観客動員するのだが、母は私の講演が終わるとこう言った。「あげな品のなか、中味のない講演に入場料ば払ろうてから、よう来んしゃったなぁ。金は私が返すけんね。ほんなこつ、講演者の親の顔が見たかばい!」。これには、参った。

無資産、無借金、無一物

わが家は、代々福岡県の甘木で呉服や洋品をあつかった商家で、大正期から昭和三十年代までの短い間だったが、商いが成功し、それなりの資産形成をしたようだ。オヤジである父・康正は、農学者の次男坊で、上野の家に婿入りしたのだ。しかし、都会育ちで、写真もセミプロ級だった父は、上野の家の家風に馴染めず、家業の衣料商を継がなかった。また、私から見ても、商いに向いていなかったと思う。昭和四十年代に入ると、商いはうまくいかなくなり、借金が増えていった。祖父・縁助の死後、残された借金を土地の売却等々でようやく切り抜けたというのが実情だったと思う。この残務整理をしたのが、父だった。そろばんを弾く父が、時折漏らす溜め息を……中学生の私は、いつも横で聞いていた。当時は、まだ地価が上昇していたこともあって、なんとか他人様にご迷惑をかけることなく、衣料商を廃業することができた。

自慢できることではないが、私には一銭の借金もない。が、しかし。貯金も給与の二か月分しかないし、家は賃貸アパート、車は免許すらない。資産ゼロである。私は、資産は活用する能力がある人が持つべきもので、なければ自分自身に投資すべきだと考える。学徒は、雲水（修行僧）のごとく流れゆく者だから、無一物であるべきだ。無借金、無資産で、今日を楽しく、がモットーである。

斜陽の商家、左遷の学者……

最近、よく間違われることがあるので、この場で訂正しておきたい。私の曾祖父は、福岡の久留米藩の家老だと紹介されたりして、困っているのである。たしかに、父方は久留米藩士だが、足軽だからお間違いのないように。間違いには理由があるようだ。曾祖父の柘植善吾が、久留米藩の藩費留学生としてアメリカのボストンに渡ったのは、慶応二（一八六六）年のことだ。この時に手助けしたのが、なんとあのトーマス・グラバーなのだが、出帆時の様子がアメリカ彦蔵の日記に記されている（ジョセフ・ヒコ『アメリカ彦蔵自伝』平凡社、二〇〇三）。その日記のなかに、善吾のことが「頭役の子」と書かれているので、誤って家老と解釈した人がいるのだ。柘植善吾は、アメリカ留学後、地元の洋学校の経営に失敗、東京の駒場農学校に職を得たりもするが、なぜか福井県に左遷されてしまう。同じ船で、同じくボストンに留学した花房義質《よしもと》は、外務大臣にもなっているので、父は、よほど世渡りが下手だったのだろうと言ったりしていた。その善吾の子の柘植六郎が、私の祖父にあたる。六郎は農学者となって盛岡高等農林学校で教鞭を取っていた時代もあった。宮沢賢治の歌に出てくる「苺畑の柘植先生」とは祖父のことだ。しかし、その祖父も、事実上の左遷の憂き目にあってしまう。

父は、よく私にこう言った。「母方は斜陽の商家、父方は左遷の学者……お前は何になる?」と。

政治の季節のただなかで

時代が人を作るのか、人が時代を作るのか。それは、極めて哲学的命題だが、私も時代の子だと思うことがある。昭和四十年代まで、私の家の近くには引き揚げ者住宅があった。中国東北部や、朝鮮半島から戦後引き揚げて来た人たちの住宅である。考えてみれば、まだ戦争の傷を抱えて人びとは生きていたのだ。

私の小学校時代、福岡という街は、まさに「政治の季節」まっただなかにあった。こう言ってわかる人も少なくなったが、空母エンタープライズ佐世保入港阻止闘争や、米軍ファントムジェット機の九州大学構内への墜落事故などで、街は騒然としていた（ともに一九六八年）。教育現場も混乱していて、スト休講も多々あった。ある日、大学生となった兄と父とが、取っ組み合いの喧嘩をしているではないか。兄は、デモに行こうとしていたのだ。父は、アメリカに憲法を作ってもらい、米軍が駐留しているのに、デモなんかしても意味がない。だから、お前にできることは、卒業して金を稼ぐことだと言った。結局、兄は、組み伏せられて部屋で泣いていた。それを側で見ていた祖父・縁助の言葉も覚えている。「九大は馬鹿ばい。アメリカさんのジェット機ば百円でも金取って、見世物にしたら儲かるとに」と。たぶん祖父は、家族を和ませようとしたのだろう。

「勉強したらあかんで」

小中の成績は、クラスの中で、半分より少し上という程度だっただろうか。できるほうではない。ただ、漠然と中学生の時には、研究者になりたいと考えていた。中学生の時に、奈良県出身の考古学者、樋口清之先生の『梅干と日本刀』（祥伝社、一九七四）という本を読んで、日本人の知恵のようなものに感動したのを覚えている。そして、福岡に来られた樋口先生の講演先にまで押しかけたこともある。樋口先生は、中学生なのに感心なことだと言ってくれて、本にサインをしてくれた。樋口先生は、桜井市出身の方で、あの桜井弁でこう言った。「あんまり、勉強したらあかんで。勉強したらエリートになるから、考古学や歴史学なんてやりよらへん。そこそこでええで」と。

先生の教えを忠実に守った私は、見事に福岡県立筑紫高校の試験に落ちた。ようやく入ったのが、滑り止めの福岡大学附属大濠高校である。この高校は、私が卒業した後で、たいへんな進学校になった。助教授時代だっただろうか、私は母校の大濠高校で講演したのだが、その時の母の言葉がふるっていた。「うちの一族は、福岡大学に行った者が多かとぞ。あんたも附属に行ったやろうが。少しは月謝分ば講演料で取り戻してきんしゃい」と。こういう言い方を、博多人はよくする。そして、最後にこう言った。「そうそう、あんたの兄貴は、留年で五年分月謝ば払うとるとばい」。

注意力散漫から文学？

高校受験に失敗した私は、続く大学入試も失敗した。最近気付いたが、注意力散漫なのだ。さらに、大学院の修士課程から博士課程へ進む時の試験にも落ちているのだから、もう笑うしかない。今でも、年間に傘は五本、その他の紛失物を合わせると、二十件以上の失くしものをしているのだから、試験に落ちるのも当たり前だ。家族や同僚は、最初は呆れ果てるが、すぐにそういう失策を前提にサポートしてくれる（甘えていますが、許して！）。

浪人してようやく入った大学が、國學院大學文学部日本文学科だ。本来は、史学科に行きたかったのだが、偏差値が及ばず、日本文学専攻に切り替えたのだった。しかし、この選択は、よかったと思う。当時の歴史学は、マルクス主義と実証主義が中心で、私に言わせれば、人間に対する関心が極めて希薄だった。政治制度の変遷や経済変化に関心はあっても、その時代を生きた人間とその生活には、まるで関心がないのだ。文学研究というものは、半分は解釈学だが、最終的には人の思惟を推察する学問である。入学した國學院大學は、決してエリート校ではないが、『古事記』『万葉集』、民俗学の分野では伝統校だった。

質問で学生計る恩師

大学に合格したと知らせると、父はこんなことを言ってくれた。「大学での勉強というものは、教室だけでわかるものではない。研究室に行って、先生の仕事を見せてもらわなければだめだ。研究室に行って、掃除を手伝い、お茶汲みをさせてもらって、そこから勉強するとよい」と。

私は、勇気を出して、『万葉集』研究の櫻井満教授の研究室を訪ねた。話をすると、そんなことなら今日からいらっしゃいということになって、授業のない時は研究室で雑用をしていた。櫻井教授の研究室は、日本文学第一研究室、通称「一研」という研究室だった。「一研」は、歌人・釈迢空であり、異端の国文学者、民俗学者として有名な折口信夫の学問伝統を受け継ぐ研究室。歴代の教授たちは、折口信夫の日本文学の民俗学的研究を継承する学徒たちだった。私は、十九歳の時に、当時四十九歳だった櫻井教授と出逢ったのだ。先生のまわりには、日本全国から『万葉集』を学ぼうとする学生が集っていた。先生は必ず、学生一人ひとりに一日一回、質問をさせるのだが、その質問で学生のレベルを計っていた。「そういう質問をしているようでは、まだまだだね」とか、「その質問は本質的でよい」とかいって、学生に示唆を与えるのである。奈良大学の学生諸君、質問は恐いよ！

会話のコツ単文にあり

大学生活で遺恨なことと言えば、結局、彼女のひとりもできなかったことだろうか。ようやく一回目のデートにこぎ付けても、その後が続かなかった。残念！

私は、御所市出身の前川喜作という実業家が設立した男子学生寮に入った。村上春樹の『ノルウェイの森』（講談社、一九八七）に登場する学生寮だ。四百名の寄宿舎生活を、十九歳の時から体験した。この和敬塾という学生寮は、なるべく異なった大学の学生を集めて、交流させようというユニークな寮で、講演会や体育祭もあった。おかげで、大学を二つ出たようなものだ。よく、上野先生は顔が広いねと言われるが、こっそり種明かしすると、寮繋がりなのだ。学界だけでなく、官界や政治家さんたちともお付き合いがあるのはそのためである。それに、留学生も多かったので、大切なことを学んだ。それは、下手な英語や下手な中国語でも、コミュニケーションするコツがあるということだ。国際学会などで、堂々と話しているので、さも語学がよくできると思っている人も多いのだが、実は違うんですよー。私に言わせると、日本人が使う英会話文はセンテンスが長すぎる。単文を繋いで、こいつは英語は下手なやつだけど、よく聞くと話がわかるぞと相手に思わせると、今度は相手の方が単文で話してくれるようになる。

思えば、歴代の首相をはじめ、瀬島龍三などの政官界の大物と大学生が懇談するのだから、不思議な学生寮だった。

知識よりものの見方

大学生活は、真面目な文学部生だったと思う。真面目だったから、能・狂言・歌舞伎・落語に通ったし、いろいろなお祭りに出かけた。それに、浪曲、講談も。というのは、國學院大學という学校は、神道系の大学なのだが、「国学」というのは、広く言えば日本の伝統文化学なので、いわゆる「和もの」が好きな学生がやって来るところなのである。だから、能・狂言・歌舞伎界の御曹司がかなりいたのである。ために、どこからともなく、招待券が回ってきたのだ。

よく私の授業や講演で、突然リズミカルになって盛り上げていくところがあるが、あれは語り芸のマネごとだ。当時は、上野に本牧亭という落語・講談の定打ち小屋があったから、よく行った。自慢話は、先代林家正蔵師匠の老境の至芸を聴いたことだろうか。すごいでしょ。

大学の授業出席は、チャランポランで不真面目だったから、卒業はギリギリだった。ただし、三人の先生の講義は熱心に聞いた。櫻井満先生の『万葉集』、中村啓信先生の『古事記』、坪井洋文先生の民俗学。三人の先生に共通するのは、個別知識より、研究の方法論を教えてくれたことである。大学というところは、自立的にものを考えるための思考法や、ものの見方を教えるところなので、講義で些末な知識を伝えるべきではない。骨太なものであるべきだ、と私は考えている。

問題解釈の方程式は？

たぶん、私の著作や講演に触れた人なら、上野のネタ本は、もうおわかりだと思う。ことに、一九八〇年代に学問修行をした人なら、まるわかりだ。私の研究は万葉集研究から導かれる文化論なのだが……こっそりネタ本を教えると、柳田國男＋折口信夫＋ミルチャー・エリアーデ＋レヴィ＝ストロース＋アラン・コルバンで、隠し味がマルティン・ブーバーだ。つまり、これらの学者は、独自の学問方法論を持っており、さまざまな問題を解釈する方程式を示してくれているのだ。だから、難しい研究上の問題に直面すると、折口だったらどう考えるだろうかとか、エリアーデだったらどう考えるだろうか、と考える。つまり、これらの学者の著作は、コンピュータで言えばハードだ。そのハードに、近代において著しく発展した万葉研究のソフトを入れると、ひとつの道筋が見えてくる。ただし、そのさじ加減が、学問の妙なのだが。やはり、大学生の時に読んだ書物というものは、影響が大きい。

大学四年生の六月、私は母校の福岡大学附属大濠高校で教育実習をした。そのまま卒業後、同校に就職しては……と言ってくれる先生もいたのだが、大学院に進学する道を選んだ。それは、指導教授の櫻井満先生の勧めによるものだった。

古く見せた新しい歌

卒業論文は、指導教授の櫻井満先生が外遊中のため、内野吾郎教授に提出した。内野先生は、日本文芸史がご専門で、折口信夫の高弟のひとりだった。そこで選んだテーマが、『万葉集』の巻十三の挽歌部冒頭歌の研究だ。具体的には、三三二四番と三三二五番の歌の研究である。この歌は、第二期の藤原宮時代の歌なのだが、表現がやや新しく感じられた。つまり、平城京時代の作のようなところもあるのだ。私は、挽歌中に登場する萩につく露の表現にねらいを定めた。カードで分析をしていくと、萩に露を配するセットは、平城京時代の歌に圧倒的に多いのである。だとしたら、古い挽歌に見せかけた新しい作品ではないかと推定した。しかし、悲しいことに、当時の私にわかったのはここまでだった。

卒業して十年かかって、ようやくいくつかの表現上の特徴から、明らかに古い時代の挽歌に擬せられて作られた歌だと確信したので、この挽歌を「擬古の文芸」として位置付ける論文を書いた。巻十三冒頭挽歌擬古文芸説は、その後、遠藤宏先生、曾倉岑先生の著作に引用され、この部分を論ずる時には必ず引用される学説となった。擬古説は、私がこれまで発表した論文のなかでも、引用率ベスト5に入ると思う。また、自慢話になってしまいましたね。

時とお金は自分に投資

恥ずかしい話だが、私は三十一歳まで、親から仕送りをしてもらっていた。ということは、奈良大学に赴任するまで、親がかりだったということだ。一方、大学院生の時には、高校や予備校の非常勤講師をしていたし、静岡県史編纂の嘱託アルバイトもしていたから、かなりの収入があった。つまり、二十四、五歳の時には、仕送りを含め月額三十万円ほどの収入があったことになる。さらには、財団法人和敬塾のご厚意で、月額三万円という破格の低家賃で東京都内、それも目白の高級住宅地に住んでいた。ここまで書くと、読者の皆さんは呆れるばかりだろう。私も呆れている。ただ、私はその全額を研究のために使った。放蕩息子ではあったが、今日に至るまでアルコールは酔うまで飲んだことはないし、賭け事もしたことがない（ただし、その楽しみと魅力は知っています）。ゴルフ、況んやをやである。研究者の人生というものは、四十代までは激しいポスト争いとなる。つまり、ポスト争いに勝つためには、時間とお金を充分かつ有効に投資する必要がある。大学院が終われば、非常勤講師→専任講師→助（准）教授→教授と、より早くポストを獲得していく必要がある。今日、大学教員のポスト争いは、そのほとんどが公正な公募だから、とにかく学会の機関誌により多くの論文を出した人の勝ち。つまり、研究者の人生とは、時間とお金を自分に投資する人生と言えるだろう。

修業で磨く解釈の技

数ある古典のなかでも、とりたてて研究の歴史が長いのが『万葉集』と『源氏物語』だ。『万葉集』の研究の歴史は、ざっと千年もある。ことに江戸時代、時々の秀才たちが研究に勤しみ、謎解きをしてきた。だから、うかうかしていると、江戸時代の学者に負けてしまう。大論文が書けたと歓んでいると、すでにその説は、江戸時代に提唱されていたなどということがよくある。つまり、文献や解釈というものは、学問というよりも職人芸に近いもので、一定の修業期間を必要とする。落語と漫才を比較するとよくわかると思うが、落語の場合、一定の修業期間がないと芸にならない。一方、漫才の場合、その才能によって一夜にして大スターになることもある。

今日、『万葉集』の研究者として、学界において重い役職を引き受けることができるのも、一定の修業期間があって、それなりの解釈技術を修得しているからだ。その修業期間は、大学院時代で、試行錯誤の連続だった。結局、身に付いた技術というものは、失敗に失敗を重ねて苦しんだものばかりだ。その意味では、大学院時代は、自分を磨いた時期と言えるだろう。

今でも、夢に見る。研究発表中に、自説の解釈案が不成立であることに気付き、呆然自失となって倒れ込む自分の姿を……。

アンチ主流が大好きで

基本的に私は、多数派学説に与する論文は書かないことにしている。「他人の見残したものを見るようにせよ」とは、民俗学者・宮本常一の父の言葉だが、新しい観点を示し得ない論文は、論文として公表の水準に達していないと考える。ある先輩が、私のことを異端のなかの異端だが異端者の王道を歩く男だ、と言ったことがあったが、うまいことを言うなと思った。ちなみに、自分の論文のなかで大好きな論文は、洗濯の論文だ（「万葉びとの洗濯——白を希求した男と女」高岡市万葉歴史館編『色の万葉集』笠間書院、二〇〇四）。大阪市立大学名誉教授の井手至先生からは「万葉歌に出てくる洗濯に眼をつけて、古代社会における女性労働とその女性労働を歌う表現に眼をつけるなんて、君くらいのもんだ」と言われた。

とにかく、アンチ主流が大好きなのである。大学院生時代に取り組んだ民俗学の研究テーマに、奥三河の花祭の研究があるのだが、冬から春にかけて行われる神楽の前に、その土地の地神に対する祭祀がある。土地の神が、祭祀の中心部から排除されることによって、祭祀の空間が出来上がることを考究した。いわば、祭りに集まってくる招かれざる精霊を排除する儀礼の研究である。この論文は、『芸能伝承の民俗史的研究——カタとココロを伝えるくふう』（世界思想社、二〇〇一）に後に収載されるが、近年、引用者が少しずつ増えてきたのは、嬉しいことである。

退学者で書記長で

大学院の修士論文は、「柿本人麻呂挽歌の研究」という論文だ。この修士論文の一部は、『古代日本の文芸空間——万葉挽歌と葬送儀礼』（雄山閣出版、一九九七）に収載されている。挽歌のなかに、生前に使用していた枕と床を歌うことの意味を書いた論文と、殯宮《もがりのみや》とよばれるモガリの儀礼が行なわれる場所について考察した論文は、引用率の高い論文となっている。このころは、一球入魂ではないが、ひとつの論文に全精力を傾けて書いていた。というのは、高評価を得ないと雑誌論文として活字にならないから、必死だった。今から考えても、あのころの白分は眩しいくらいである（これはマジ）。

こうして、私はなんとか、大学院の修士課程を修了し、博士課程も修了することができた。ただし、博士課程は正式には修了とは言わない。正式に言うと、「単位修得満期退学」と言う。当時の学位制度ではこういう名称だったのである。しかし、まだこれはよいほうで、他大学では「中退」の名称を使用していることもあった。私の履歴書に「満期退学」とあるのは、悪いことをしたからではないので……。ちなみに、とある事情から、一年間だけ奈良大学の組合の書記長になったことがある。「書記長之印」を保管しただけだったけれど。「退学者」と「書記長」という肩書もあるんですよ—。

教員公募合格のはずが

　ようやく、大学院の最終学年の時、九州のとある短期大学で、日本文学の教員の公募があり、応じたら、面接まで行った。面接の雰囲気も上々だった。仲間たちは、東京から九州まで面接に呼び寄せておいて、不採用ということはあるまい。四月から赴任だなということになって、大宴会となった。父母も、大喜びだ。が、しかし。結果は不合格とあいなった。バツの悪いこと、この上なしである。

　その後の公募などは、面接すら進めずで、はっきり言って自信を失くした。ただ、不合格通知のなかに、丁寧な万年筆書きのものが一通あり、しかも個人名の書簡が添えられているものがあった。国立大学だったから、今なら問題になるかもしれない。その文面には、たとえ不合格だったとしても、恥じることはありません。合格になった人の力量は、あなたを上回ったけれど、競争の相手が悪かっただけです。是非、がんばってほしい、とありました。後に採用者を調べてみると、歌謡研究でかなりの論文を書いている人で、自分よりも業績が上だと思った。この奇特な不合格通知を書いた先生も、高名な研究者で、なんとなく救われた気がした。仕送りと予備校などのアルバイトで生活はなんとかなったが、将来への不安は覆うべくもなく、必死に公募の研究職を探した。そんな時に、奈良大学の教員公募があったのだ。

面接二時間　模擬授業も

今日、大学の教員採用は公募が主流だし、公募でなくても、業績審査が厳しく行なわれるのを常としている。したがって、かなり透明性は高くなっている。縁故で採用ということは、ほとんどあり得ない。奈良大学からの公募は、若手研究者で『万葉集』を専門とする者だったから、私にピッタリだった。ただ、自信はまったくなかった。というのは、古代史の井上薫、水野柳太郎、考古学の水野正好、歴史地理学の藤岡謙二郎、美術史の毛利久などの花形教授がいた、古代学のメッカともいうべき大学に採用になることなど、あり得ないと思ったからだ。書類選考で落ちると思い、応募したのを忘れていたくらいだ。

ところが、なんと面接にまで進めた。東京から面接に行くと、居並ぶ教授陣から論文の細かいところを聞かれ、どぎまぎするばかりだった。最後に、模擬授業までやった。二時間近い面接だった、と記憶している。帰って指導教授に話すと、奈良大学は、私学としては小さいけれども、今いちばん注目されている古代学のメッカだ。君の場合、これからどれだけの研究業績を残せるかどうかわからない。実績の乏しい若手研究者を採るのは、一種の賭けだから、三十一歳の君では無理だと思う。まぁ、面接してもらっただけでもありがたいと思いなさい、と言われた。私も、半ばあきらめていた。

古代もまるで今のよう

たぶん、六月のとある晩だったと思う。夜、電話があり、内々定くらいだと思って下さいとの通知があった。こうして、大学院が終わって丸二年の浪人生活の後、奈良大学に専任講師として赴任することになったのだ。三十一歳の時のことである。合格通知を持って指導教授だった櫻井満先生のもとに行くと、「もう一度よく見なさい。ほんとうかね」と言われた。後で聞くと、前任者の教授が癌に倒れたこともあって、若くて元気のある人のほうがよいということになったようだ。

大学院生のころ関西に来て、文化的ショックを受けたことがある。芸能史研究会で、天皇の葬礼で行なわれる芸能について研究発表した時のことだ。私は、埴輪を作っていた土師氏が芸能に携わることになったということを話すと、代表の林屋辰三郎先生が、質問に立たれた。歴史学の大御所ですよね。先生は、じっと私の方を見て、「そやろうなぁ。大きな古墳を造らんようになったら、埴輪もいらんわけで、そら喰うに困るで。そやから踊りでもなんでもせななぁ、飯の喰い上げや。建設会社が芸能プロダクションになりよった」と言われた。古代のことを、まるで今のように語る話しぶりに、関西の古代学の深さを思い知らされた。そして、関西弁の迫力に、圧倒された。

万葉教室　市長も入門

奈良大学に赴任が決まった私は、東京での十二年間の生活に区切りをつけるべく、忙しく奈良行きの準備をしていた。そんな折、かねてからお世話になっていた春日大社の岡本彰夫さんを通じて、荒井敦子さんを紹介された。荒井さんは、開口一番、日本青年会議所のブロック大会に、自らの主催するまつぼっくり少年少女合唱団が出演するのだが、『万葉集』をモチーフとして歌を作りたい。ひいては、協力してほしいと申し出られた。私は二つ返事でOKしたのだが、合唱団員の半分は小学校低学年の子供さんだと知って、愕然。そこで、子供たちと壺阪寺で合宿することにし、大和三山の歌を皆で考えようということになった。そうして、出来上がったのが「大和三山恋物語」である。荒井敦子さんは、その後、奈良市音声館の館長等々を歴任され、そのパワフルなお人柄で、常に文化面の台風の目になる人物になっていかれた。

その荒井さんが、市長に当選したばかりの大川靖則さんを、突然研究室に連れてこられた。もうこれは「どっきりカメラ」かと思いましたね。しかし、最初の一言で私は大川市長の人柄を敬慕した。「市長になりましたやろ。奈良の市長いうたら、万葉集のひとつくらい言えんとかっこうつきませんねん。勉強させて下さい」。こうして大川市長は私の万葉教室の生徒になられたのだ。畏れ多いことだが……。

関西は気取りより議論

万葉学徒である私は、学部生時代から、最低でも、一年間にトータルして一か月くらいは奈良に来ていたから、取り立てて赴任という感じはしなかった。教員として赴任したのだが、東野治之先生、松前健先生、寺崎保広先生、水野正好先生の授業は、学生と一緒に聴講した。それくらいしないと、奈良大学の『万葉集』担当の教員として、研究が追いつかないと思ったのだ。実際に関西の堅実な学風を学ばないと自滅するよと忠告してくれる先生もいた。よく言われたのは、「仮免講師」という言葉だ。つまり、仮免許だから勉強して、早く本免許を取得しなさいということである。

また、万葉研究は西高東低と言われ、関西を中心とする万葉学会は、研究論文に厳格な実証を求める学会だ。そんな関西でやっていけるか、不安で不安でたまらなかった。ことに口頭発表の質疑応答は、熾烈を極める。時に罵声に近い叱咤を受けることすらある。ところが、研究発表が終わって懇親会となると、愉快に飲み、関西弁で分け隔てなく話すのだ。「あんたな、あんたの解釈やったら、Aはいけるけど Bはいけへんやんか。やったら別の解釈案作らなあかんやん」と言われると、自説の弱いところがわかる。つまり、気取りをなくして本質的に議論してゆくのが、関西の学風なのだ。

出逢いは急に訪れた

奈良大学に赴任して間もないころ、突然、万葉研究の泰斗の中西進先生から呼び出された。いつですかと聞き返すと、今から来られますか、とのお言葉。私は慌ててタクシーに乗って、近鉄奈良駅前の指定の喫茶店に行った。先生は、「時間がないから、用件を先に言うよ。今度、『万葉集』の博物館が出来るんだ。手伝ってくれるよね」と言われた。私が、「それって……」と言うと、先生は、詳しいことは県から連絡があるからと言って、その喫茶店を飛び出していかれた。これが、私と万葉文化館との出逢いである。結局、開館までの準備期間を含めると、十五年間も、この施設と関わることになろうとは、思いもしなかった。今でも覚えているのは、先生が出て行かれてから、ようやく注文したコーヒーが運ばれてきたことだ。

万葉文化館と言えば、こんな思い出がある。開館してしばらくした時のこと。フランスの上院議員の視察団が万葉文化館にやって来た。ジャック・バラード議員は、シラク大統領と並び称せられるほどの日本通。ご案内が終わると、私にプレゼントがあると言われる。その時の言葉が、忘れられない。「今日はありがとう。お礼に私の故郷ボルドーの太陽と水と土で作った芸術品を差し上げたい。ムシュー」。さ、さすが文化の国、おフランス。おいしいワインをいただいた。

恩師を見舞い隠れ酒

奈良大学に赴任して三年目のこと、大学時代の恩師・櫻井満先生が亡くなった。今でも忘れない。東京女子医大病院にお見舞いに行くと、カップ酒を買ってきてくれと仰るのだ。先生に、「ここは病院ですよ」と言うと、「余命がないからね」と言われた。先生と私は、病室で隠れ酒をしたのだが、私が病院で酒を口に含んだのは、この時だけである。そして、先生はこう言われた。「ボクの時代には考えられなかった木簡がたくさん出土しているので、それを資料として用いれば、万葉研究も大きく前進する。だが、自分には余命がない。君は、そういう時代に万葉研究をやれるから、羨ましい」。二人とも、ここでしんみりとしたのだが、櫻井先生は突然、こんなことを言いはじめた。「羨ましいじゃないね。恨めしいかな。君なんかじゃ、大丈夫かな」と。こう言われたので、私も軽口を叩いた。「先生、遠いところから見ていて下さいね」。

しかし、数秒後、この言い方はあまりにも残酷すぎると後悔した。私は、咄嗟にご無礼しましたと謝った。すると先生は、「君はまだ若気が抜けきらないなぁ。でも、そのやんちゃぶりが、いいんだよ。たぶん、小さい時は、いたずら好きで、一言多くて両親を困らせたね」と言われた。十二年、お側で学んだとはいえ、まことに迂闊なもの言いだった。

論文は実力の競争から

恩師・櫻井満先生が亡くなった年、私の論文が、ようやく万葉学会の雑誌『万葉』に掲載された。万葉研究では最高峰の雑誌であり、できればご存命のうちにお見せできればと思ったが、数か月の差で、その機会を逃した。その後、幸いにも、いくつかの難関誌に論文を載せることができた。

少し学会の事情をお話すると、論文を学会の機関誌に収載したい時は、一般にまず学会で口頭発表をする。そこでまず高評価を受ける必要があり、この口頭発表での質疑応答を踏まえ、論文を書き上げて、学会本部に送ると、そこで査読が行なわれる。いわばレフリーのジャッジだ。レフリーが三人の場合、〇〇〇なら掲載。×××や××〇なら没。〇×〇なら査読者間の協議となる。コメント付きで再投稿、コメントなしで不採用などいろいろあるが、レフリー付きの雑誌に何本論文が載るかで、研究者としての能力は判断される。当然、レフリーである査読者となることは大変名誉なことなのだが、たとえ査読者クラスになっていたとしても、自分の論文が採用になるかどうかは、別なのだ。知名度はマスコミ向けの仕事をすれば確実に上昇するが、査読にパスして論文が学会誌に収載されるかどうかは、実力次第である。こういう競争のシステムがあればこそ、教員の公募選考も公正に行なわれるのである。

少数派こその醍醐味

博士号の取得、助教授、教授への昇格、上代文学会賞や角川財団学芸賞などの受賞。講演やラジオ、テレビへの出演、選書や新書の執筆と、よいことだけを書き連ねると格好よいのだが、実際は、学会誌に論文を投稿して、その採否をめぐって一喜一憂しながら、びくびく暮らしている私である。ただ、私は、定年の六十五歳まではレフリー付きの学会誌に投稿できる力を維持したいと考えている。もちろん、採用、不採用は運不運もあるが、第一線に立つ気迫は持ちたいと思う。

というのは、大学において教壇に立つ者として、研究者として評価がないことは致命的だと思うからだ。第一、学生に対して申し訳が立たない。今日、ネット社会では、学生たちだってシビアーだ。「あの先生、偉そうに授業してるけどこの二年間論文ゼロよ」とか、「著書も博士号もないのに授業をしている」と陰口を言われたくはない。もちろん、学説には多数派学説と少数派学説とがあるが、たとえ少数派学説であったとしても、不成立でない限り少数派として尊重される。学問のダイナミックスは、少数派学説が発見や検証によって多数派になっていく時に生まれる。私は何度も、その瞬間に立ち会った。たとえ、自らの死後、千年の後であったとしても、再評価され多数派学説となることがある。これぞ、学問の醍醐味！

ひょうたんからオペラ

新潮社から出版した『魂の古代学——問いつづける折口信夫』(二〇〇八)は、苦労して書き上げた本である。折口の難解な論理を読み解くには忍耐を要する。その本の原稿を書き上げて、速達をポストに入れて研究室に戻ると、電話が鳴っている。受話器を取ると、「薬師寺の山田です」という、いつものあのやさしい声だ。薬師寺の山田法胤管長は、来年、日本ロレックスが薬師寺でコンサートをするのだが、歴史的なことでアドバイスをしてほしいと言われた。それから、数回の会議があったと思うが、結局、私がオペラの上演台本を書くことになった。ひょうたんから駒ではなく、ひょうたんからオペラである。こうして出来上がったのが『オペラ遣唐使』だ。新作物としては、不思議に再演が続くこのオペラは、遣唐使たちの青春群像の物語である。たぶん、『魂の古代学』の執筆中であったら、あっさり断っていたと思う。二〇一〇年には、なら一〇〇年会館で四幕上演されたが、この時に中心になった三原剛大阪芸術大学教授を中心として、翌年に万葉オペララボというものが出来た。オペラを学びたい若い声楽家たちを、地域が支援することで、逆に地域を活性化させようとする試みだ。二〇一一年には、俳優の浜畑賢吉先生に出演していただき、『山上憶良と遣唐使』という拙作も上演していただいた。また、自慢話となりましたね。

研究は戯曲へ小説へ

博士号を取得し、主要な学会誌にだいたい論文が掲載された四十代となってからは、少しずつ創作を行なうようになった。オペラや朗読劇、さらには小説など。だから、小説『天平グレート・ジャーニー』（講談社、二〇一二）の作者と私が別人だと思っている人も多いようだ。戯曲を書いたり小説を書いたりするのは、研究によって得た実感を、より多くの人びとに伝える方法のひとつだと私は考えている。尊敬する折口信夫は、史論は発展して小説や劇となるべきだと述べている。もちろん、研究者の書くものだから、プロの作家の作品とは違うが、そこに専業作家にはない、勝機というものもあるのだ。

ちなみに、今取り組んでいるのは、なんとあのモーツァルトの名作『魔笛』だ。その『魔笛』を翻案して猿沢ノ池の物語にした。題して「猿沢ノ池不思議ノ横笛」だ。これは、なら一〇〇年会館の館長・吉川友子さんの発案によるものである。タミーノは垂水皇子《たるみのみこ》、モノスタトスは物部須太麻呂《もののべのすたまろ》になる。『魔笛』は、一神教世界に生きる人びとの多神教への好奇心から生まれた作品である。ならば、多神教の日本に、この物語を移植するとどうなるかと考えた。研究と教育と創作。そのバランスをどう取るか。それが、今の私の抱えている重い課題である。

マツザカ・ケイコです？

二〇一二年の春のこと。ある日、研究室に電話が掛かってきた。「女優のマツザカ・ケイコと申しますが、先生に『万葉集』のご指導をしていただきたいのですが」。私は卒業した女子学生の悪戯だと思い込み、「はい、こちらはアラン・ドロンです」と言い返した。すると「……」。数秒後、「ほんとに松坂なんですが」とのお返事。「明日、授業に伺ってもよろしいですか」。どうも「どっきりカメラ」ではないようだ。聞けば、『万葉集』の勉強を始めたいとのこと。翌日、松坂さんが奈良大学に来校されて、大変なことになった。それからというもの、時間を見つけては、私の授業を聴講しに来られる。しかも、最前列。彼女は、お世辞にもうまい字とは言えないが、一字一句漏らさぬノートをとる人だ。もう十冊にはなっているだろう。

そんな話を吉野町の北岡篤町長にすると、「だったら、先生の書いた絵本の朗読会を吉野でやって下さいよ」という話になり、二〇一二年は朗読会をしてもらった。すると今度は、松坂さんのひとり語りの朗読劇をしようということになって、今年は拙作の『額田王と吉野』を吉野町で上演した。

昨秋は、正倉院展にお連れしたのだが、会場で、とあるご婦人が「松坂さんの付き人って、太った男の人だわね」と私を指して言うのだ。もう、言葉もない。

日本一幸福な万葉学者

資生堂の名誉会長の福原義春先生から、こんなことを言われたことがある。「上野先生は、日本一幸福な万葉学者ですね」と。福原先生は、「『万葉集』のふるさと奈良で、万葉を講じることができるなんて、こんなに幸福なことはありませんよ」と言葉を継がれた。

そういえば、今、三十一歳で奈良大学に赴任した日のことを思い出す。当時文学部長だった水野正好先生が、「奈良大学で『万葉集』を講ずるということは、赴任した日から大学の看板であると自覚して下さい。そのプレッシャーに負けるようでは、奈良で万葉を講ずる資格はありません。奈良大学で古代学を講ずるということは、そういうことです」と言われた。これは、今でも私にとって重圧となっている言葉だ。学問は、いわば知の格闘技だから、論争になったり、論文の優劣を競ったりする。勝つこともあれば、負けることだってある。そして、その私を、学生たちは見ている。

日本一幸福なのかも知れないが、重圧に押しつぶされそうになることも多々ある。本年で、私は奈良に赴任して二十一年目になるのだが、ご縁ある方々のお蔭で、今日まで過ごしてきた。多謝です。また、最後に、自伝という名の自慢話にお付き合い下さいました読者の皆様に、御礼を申し上げます。

二　書淫日記——万葉集から阿部定まで

ドイツのマインツの古本市、一九三〇年代のヨーロッパの宰相の写真集を手に入れる。うれしくて、うれしくて、しょうがない。

天平サラリーマン・エレジー、万葉の世界から

敢《あ》へて私懐《しくわい》を布《の》ぶる歌三首

天離《あまざか》る
鄙《ひな》に五年《いつとせ》
住まひつつ
都のてぶり
忘らえにけり

かくのみや
息づき居《を》らむ
あらたまの
来経《きへゆ》行く年の
限り知らずて

我《あ》が主《ぬし》の
御霊《みたま》賜《たま》ひて
春さらば
奈良《め》の都《さ》に
召上げたまはね

天平二年十二月六日に、筑前国司山上憶良《やまのうへのおくら》謹上す。

（巻五の八八〇〜八八二／小島憲之・木下正俊・東野治之校注・訳『新編日本古典文学全集　万葉集②』小学館、一九九五）

転勤と送別会

天平二（七三〇）年、九州・大宰府に赴任していた大伴旅人《おおとものたびと》は、その任期を終え、平城京に帰任することになった。『万葉集』巻五は、旅人帰任にあたって大宰府で行なわれた送別の宴の歌群を収載している（巻五の八七六〜八八二）。まず、「書殿にして餞酒する日の倭歌」（八七六〜八七九）とある。読むと、惜別の情、羨望の情、祝福の気持ちなどが伝わってくる作品である。私はこの歌を読むと、現代のサラリーマンの転勤を思い起す。さて、今回取り上げるのは、その次に位置する「敢へて私懐を布ぶる歌三首」である。「敢へて私懐を布」べるというのは、公には役人として口にすべきではないことを、敢えて言うという意味に考えてよい。ここに、山上憶良のジレンマを見て取ることができる。それは、「私懐」すなわち「私情」だからである。役人としては、命令とあらば一切の私情を排して、任地に赴くべきである。という「タテマエ」に対して、都に少しでも早く帰任したいと思う「ホンネ」もあろう。

小説風に

大宰帥大伴卿《だざいのそちおおとものまへつきみ》こと、大伴旅人がいよいよ平城京に帰任することになった。平城京で旅人が就任するポストは、なんと大納言。ならば、人事にも関わるはず。地方官として、九州大宰府に平城京から赴任していた官人たちは、けっして口には出さないものの、これはよいコネが出来たと秘かに思っていた。ためにに、送別宴は、そんな人びとの思惑もあって、盛大なものとなった。旅人の平城京帰任が決まったその日から、役所では送別会の準備が慌ただしく進められていた。一口に送別会といっても、公的なものから私的なもの、官司別、身分別と数がやたらに多いのだ。数多くの送別会に出席しなくてはならぬ旅人も、たいへんだ。歳はすでに六十六歳。任地・大宰府で妻を失ってからというもの、やはり元気がない。時たま、もう平城京の家には帰りたくないという始末。聞けば、妻のいない家に帰ると、つらいと言うのであった。そんななか、送別会がはじまった。

大宰府の幹部クラスの送別会は、それはそれはもう華やかで、和歌も漢詩も披露され、山海の珍味がところ狭しと並べられている。最初は堅苦しい挨拶が続いたのだが、宴もたけなわとなると、座談で平城京帰任をうらやむ者の嘆き節が聞かれ、次には白らの不遇をくどくど言い続ける者などが出てくる。やはり、送別会は複雑だ。

そんな折も折、山上憶良が挨拶をすることになった。憶良といえば、無位無官から、その学識が認められ、遣唐使に任ぜられ、トップクラスの地方官になった人物。当代きっての知性派、教養人だ。ただし、齢七十歳、旅人より四つ上だ。旅人が平城京に帰るのなら、憶良も帰りたいはず。一同は、二人が盟友関係にあることを知っているだけに、憶良の挨拶に注目していた。当然、餞《はなむけ》の歌を贈るだろうが、憶良はいったいどんな歌を歌うのだろう。一同注視するなか、憶良は挨拶をはじめた。ただし、期待ははずれ、型通りの挨拶をする憶良。なぁーんだ、憶良もそんなもんか。そして、挨拶の最後に歌が披露された。すると一同は、呆気にとられた。憶良は、朗々とこう歌ったのである。

都から遠い遠い　鄙に五年も　住みつづけ　都の手ぶりも（今は昔）　すっかり　忘れてしまいました　そんなわたしの歌でも聞いて下さいな――

こんなにも　溜息ばかりついているのでございますよ　過ぎてゆく年の限りもわかりませんので　いったいいつまで田舎暮らしが続くやら……

あなた様の　恩寵を賜って　春になったら……　奈良の都に　呼び上げてくださいな　期待していますよ、よっ！　旅人様！

なんたること、露骨な猟官活動ではないか。が、しかし。多くの人は、やっぱり憶良だ。これが憶良流だと、歌を聞いて、大笑いしはじめた。憶良は、その学殖によって異例とも言える出世をした人物であるが、名門貴族の出でない悲しさ、苦労も多く、気遣いの人として有名であった。宴会では自ら道化を演じて客を和ませるところがあり、意表を突く歌を披露して座を盛り上げる名人なのだ。これが、まさしく憶良流の気遣い。その憶良が、あなたの「コネ」で私を平城京に戻して下さいねと歌ったものだから、一同は大笑いしたのである。当代随一の教養人の憶良の歌を聞いて、すねていた連中も大笑い。

その日は、旅人が中座したあとも、明け方まで皆飲んだということらしい。

ただ、憶良は、若い役人たちが、老人たちに気を遣わないで大酒が飲めるように、早めに帰った。ためにその後のことは、憶良自身も翌々日に聞くしかなかったのであるが……。

国土の起源を語る神話

ここにその妹《いも》伊耶那美《いざなみ》の命《みこと》に問ひたまひしく、「汝《な》が身はいかに成れる」と問ひたまへば、答へたまはく、「吾《わ》が身は成り成りて、成り合はぬところ一処あり」とまをしたまひき。ここに伊耶那岐《いざなき》の命詔《の》りたまひしく、「我が身は成り成りて、成り余れるところ一処あり。故《かれ》この吾が身の成り余れる処を、汝が身の成り合はぬ処に刺し塞《ふた》ぎて、国土《くに》生みなさむと思ふはいかに」とのりたまへば、伊耶那美《いざなみ》の命答へたまはく、「しか善《え》けむ」とまをしたまひき。ここに伊耶那岐の命詔りたまひしく、「然らば吾《あ》と汝《な》と、この天《あめ》の御柱《みはしら》を行き廻《めぐ》り逢ひて、美斗《みと》の麻具波比《まぐはひ》せむ」とのりたまひき。

（「上つ巻」武田祐吉訳注・中村啓信補訂解説『新訂　古事記』角川書店、一九七七）

いわゆる「古事記神話」とは

神話の持っている一番大切な機能とは、「今」存在しているものの起源を説明することである。なぜ、そこに、そうして存在するのか。人はなぜ生まれ、なぜ死ぬのかということを説明するのも神話の役割である。『古事記』の上《かみ》つ巻は、史書とは言いながら、神話と言ってよく、神の起源や国土の起源が語られている。『古事記』という書物について、もし学生に試験し、模範解答を示すとすれば、こうなるであろう。

[問一]『古事記』形成過程における天武《てんむ》天皇・元明《げんめい》天皇・稗田阿礼《ひえだのあれ》・太安万侶《おおのやすまろ》の役割について具体的に説明しなさい。

[答] 壬申の乱に勝利した天武天皇は、新しい史書編纂《へんさん》の必要性を認め、稗田阿礼に帝紀《ていき》と旧辞を誦習《しょうしゅう》させた。当時の東アジア世界では、史書を持つことが文明国入りの条件のひとつだったからである。「誦習」とはあらかじめ記されたものを読む行為であったと推定できるが、稗田阿礼がいなくては、それを声に出して読むことはできなかったのであろう。したがって、天武・持統《じとう》・文武《もんむ》の各天皇の時代には、現在ある『古事記』のような本はできなかった。

次の元明天皇は、太安万侶に詔《みことのり》を下して、阿礼が誦習する内容を、筆録させた。したがって、序文は、元明天皇が下した詔に対して献上された書物である旨が記された、上表文《じょうひょうぶん》のかたちをとっている。阿礼は、神話を口承から書承へ引き継いだ誦習者と言える。対して、太安万侶は編集して筆録し、それを元明天皇に献上した筆録者と言うことができよう。

国土形成神話とは

では、『古事記』が記し残してくれている国土形成の神話とはいかなるものなのであろうか。それは、神の国生みによって国土の形成が説明される神話である。当然、神は性交をして、国土を生むということになる。その性交を語る部分を今回は取り上げてみた。私たちの眼から見ると、笑い話か、性の童話として読めるかもしれないが、神がこうして、性交をしたからこそ、今私たちの住む国土はあるのだと

『古事記』は訴えているのである。さて、ここも試験にしよう。

［問二］『古事記』の国土形成神話の特徴はどこにあるか？

［答］『古事記』神話における国土形成神話の特質を、上つ巻から次のように読み取ることができる。

国土形成に関わるイザナキとイザナミの男女二神が登場する前に、独り神として身を隠した神たちが描かれ、そしてこの男女神が登場する。これは、国土形成が、男女二神の性交と国生みによって成り立つことを前提として、前段に置かれているものであろう。

柱をめぐる儀礼が正しく執行されなければ、神々の結婚が成功しないというのは、正しい儀礼の執行を求める神話となっている。この後、神と国土が次々に生まれ、その生まれた島の集合体が大八島国《おおやしまぐに》であるという国土観を読み取ることができる。また、瀬戸内海と日本海側の島が小さな島まで描かれているのは、当時の海上交通と深く関わっていることが予想される。

そうした国生み神話も、イザナミノミコトの死によって、終焉を迎えることになる。したがって、『古事記』の国土形成神話の特質は、「神の性交」と「国生み」に集約されると考えるのが妥当であろう。

性の童話

前半部分の訳文を示すとざっとこうなる。

そこで伊耶那岐の命は伊耶那美の女神にこう言った。「おまえさんのからだは、どんなふうに作られているんだい？」伊耶那美の女神は、「わたくしのからだはね、できあがったけど、まだできていないところが一ヶ所ある」とお答えになった。そこで伊耶那岐の命は仰せられた。「俺のからだは、できあがって、でき過ぎてしまったところが一つあるんだよ。だからね、俺のでき過ぎたところをね、おまえさんのできらないところにさして国を生もうと思うのだがどうだろう」……。

私には、この部分を読んでいつも思うことがある。今日の性教育の中心は、避妊と性病予防である。言っては悪いが、心がない。もう一つは、今の性教育は、性を手段として教えるものである。生きて今あることの意味や、性や愛が人生といかに関わるのかについて考えることはない。『古事記』は、少なくとも、神の性交の起源と国土形成の起源を語ろうとしている。むしろ、真剣に性を語ろうとしているのではないか。少なくとも、手段として性を語ったりしない。私はいつも、この文章を読むとこんなことを思い出す。

私は情けない男です！

子貢《しこう》が曰わく、貧しくして諂《へつら》うこと無く、富みて驕《おご》ること無きは、如何《いかん》。子の曰《のたま》わく、可なり。未だ貧しくして道を楽しみ、富みて礼を好む者には若《し》かざるなり。子貢が曰わく、詩に云う、切《せつ》するが如く磋《さ》するが如く、琢《たく》するが如く磨《ま》するが如しとは、其れ斯《こ》れを謂うか。子の曰《のたま》わく、賜《し》や、始めて与《とも》に詩を言うべきのみ。諸《こ》れに往《おう》を告げて来《らい》を知る者なり。

（金谷治訳注『論語』岩波書店、一九六三）

とある有馬温泉のホテルで

とある有馬温泉のホテルで朝食を摂っている時のこと。旧知のお坊さんに会った。が、しかし。その時、わが目を疑った。なんとカツラを付けているではないか。しかも、甘いムードで寄り添う女性がいる。日本を代表する寺院のお坊さんにして、書家・画家としても有名なこの御仁の書を大枚はたいて買ったこともあるので、苦笑したのは言うまでもない。私は、彼に見つからないようにこっそりとホテルをチェックアウトしようとしたが、玄関で出くわしてしまった。乗っている車は、すごい高級外車。相手の顔が赤くなるのがわかったので、私は咄嗟《とっさ》に踵《きびす》を返した。じつは、その女性も旧知の人で、なんだか切ない（別に、私が好意を持っているわけではないが、すごい美女で、どういうわけか切ないのである）。

数日後、私の心のなかには複雑な感情が芽生えていった。ここだけの話だが、京都や奈良の有名寺院の僧侶は、尊敬されているし、知る人ぞ知るマル秘高額所得者たちだ。ちょっとした色紙でも高額で取引される。ひどい人になると、突然自分の書を知人の家に送りつけておいて、後から暗に謝金を要求する悪僧すらいる。世俗の名声も、美女も、お金も、どうしてここに集るのだろうとも考えたし、まじめにコツコツと原稿を書いている自分がどうして日の目を見ないのかということも心に引っかかってきた。

でも、ひっくり返して考えれば、そういう考えが私の心に湧いてきたのは、私自身に名誉や金、そして色欲があることの裏返しなのではないか、と。ましていわんや、自分が文学研究者、教員という人生を選んだ時点で、名誉や金に対する欲は、とうの昔に捨て去ったはずではなかったのか。自分は、なんたる俗物か！　そんな時、『論語』のこの一文を思い出した。

孔子と子貢

弟子の子貢がある時、孔子様にこう問いかけた。「貧しくても、媚びへつらうことなく、金持ちとなっても、驕り高ぶることがないという生き方はどうでしょうか」と。子貢が、そういう生き方はよい生き方だと考えていたことは、言うまでもない。あるいは、自信満々だったかもしれない。私なら百点満点の百二十点だ。けれど、孔子の答えは、意外にもこういうものだった。「まぁ、まぁだな。かろうじて合格というところかな」。では、孔子が求める生き方とは、どんな生き方だったのか。「たとえ、貧乏であっても道を楽しみ、お金持ちとなっても礼儀を好むという生き方には及ばないのではないか」という生き方を求めたのであった。子貢は、はっとした。そうか、俺の考えは甘かった。まだ、足りなかった。浅かった。『切磋琢磨』というのは、まさにこのことですね」と子貢は孔子に答えたのであった。つまり、象牙も玉も、磨きあげなくてはよいものにはならない。常に止まることなく、考えを深めなくてはならない、磨きあげてゆかなくてはならない、ということである。この子貢の発言は、充分に師を満足させるものだった。「それでこそ、お前さんとはいっしょに詩の話ができるね。俺が出だし（往）をしゃべると、後の部分（来）の話がわかるのだから」と孔子は弟子の子貢に褒め言葉を与えたのであった。

私の嫉妬心

研究者は、世俗の名声も金銭も求めぬ清貧の人であれと、私も念じている。自らに念じている。けれど、研究も競争だし、ちょっぴり贅沢もしたい。お金についていえば、私などは子貢の答えで充分であると思う。

では、なぜ孔子は子貢の答えでは「可」であって上出来ではないと言ったのか。それは、積極性が足りないということなのであろう。つまり、子貢の答えでは、まだ受身だということなのである。貧乏であっても道を楽しむ姿勢、金持ちであっても、礼を好む姿勢が大切だと言っているのである。私はもう少しお金があればと常々に思っている。そして、時としてお金や名誉のある人を激しく嫉妬する。ただし、それを日ごろは、人前で口にしないようにしているだけのことなのである。たぶん、富者になったら驕り高ぶるだろう。名誉をチラつかされると、何でもするだろう。ようするに、俗物なのだ。ちなみに、冒頭に掲げたお寺には、それからお参りしないことにした。関西弁でいうと「あんなけたくそ悪い坊主のいる寺なんか、お参りできるわけないいやないかい！」という感じである。

ただし、もしそのお寺から講演の依頼があれば、金額の多寡によっては、ホイホイと行くかもしれない。はぁ、なんと情けないことか！

左手は奥の手？

振田向宿禰《ふるのたむけすくね》の、筑紫国に退《まか》る時の歌一首
我妹子《わぎもこ》は　釧《くしろ》にあらなむ　左手の　我《あ》が奥の手に　巻きて去《い》なましを
（『新編日本古典文学全集　万葉集②』小学館、一九九五）

だったらよいのに、あの娘がね
ブレスレットだったらよいのにね
そしたら左手、それは奥の手
手に巻いて、二人で一緒にゆけるのに！
――残念
（『万葉集』巻九の一七六六の釈義・上野誠）

「左手の我が奥の手」という表現

万葉時代にも「ブレスレット」があった。「くしろ」とか「たまき」と、それは呼ばれていた。取り上げた歌は筑紫国《つくしのくに》に旅立つにあたって、振田向《ふるのたむけ》という男が、妹すなわち恋人との別れを悲しんだ歌で、『万葉集』の巻九の「相聞」の冒頭に伝わっている歌である。

振田向については現在となってはまったくわからない人物である。「くしろ」（釧）は、手首を飾る装飾具で、金属や玉、石や貝など材料はさまざまである。おそらく、釧は手に巻くところから「たまき」（手纏）と置き換えることも可能な言葉であった、と考えられる。この歌で、解釈が難しいのは、「左手の　我が奥の手に」という表現だ。尊ばれ、大切にされる手が、左手であったところから、こう表現されているのであろう。だから、「左手であるところの奥の手」という意味で重ねて表現しているのである。つまり右手よりも左手のほうが、優位なのだ。

『古事記』の伊耶那岐命《いざなきのみこと》と伊耶那美命《いざなみのみこと》の神話を読むと、明らかに右に対して左の方が優位だ。この神話では、左と奥が対応し、右と辺が対応していることが読み取れる。

……次に、投げ棄つる左の御手の手纏《たまき》に成れる神の名は、奥疎神《おきざかるのかみ》。次に、奥津那芸佐毘古神《おきつなぎさびこのかみ》。次に奥津甲斐弁羅神《おきつかひべらのかみ》。次に、投げ棄つる右の御手の手纏に成れる神の名は、辺疎神《へざかるのかみ》。次に、辺津那芸《へつなぎ》佐毘古神《さびこのかみ》。次に、辺津甲斐弁羅神《へつかひべらのかみ》。

（『古事記』上巻、伊耶那岐命と伊耶那美命条）

『古事記』の神話を読むと、左・男・日の優位、対する右・女・月の劣位を確認することができる。

優位……左（A）―先（B）―男（C）―奥（D）

劣位……右（a）―後（b）―女（c）―辺（d）

という対応関係が見られる。したがって、もし釧であったなら、左に巻くというのは、「我妹子」を「大切に思う」ということを表しているのである。ここで想起したいのは、湯原王《ゆはらのおほきみ》が妹との別れを、

あきづ羽《は》の　袖振る妹を
玉くしげ　奥に思ふを
見たまへ我《あ》が君

（湯原王「宴席歌」『万葉集』巻三の三七六）

と詠んでいる点である。私の好きなあの女が袖を振る姿を見てやってくださいと、送別の宴に招かれた客にうながしたこの歌には「奥に思ふ」という表現がある。その奥に対応するのが、左なのである。

肌身離さず、いつも一緒に

別れに際して、いっそのこと我妹子が玉や下着だったらよいのに、一緒に行けるから、と歌われた歌がほかにもある。

①　人言の　繁き時には　我妹子し　衣にありせば　下に着ましを
（作者未詳歌「寄物陳思歌」『万葉集』巻十二の二八五二）

②　我が背子《せこ》は　玉にもがもな　手に巻きて　見つつ行かむを　置きて行かば惜し
（大伴家持「餞宴歌」『万葉集』巻十七の三九九〇）

①の歌は、口さがない噂に嫌気がした今となっては、衣であったら、一緒に居ても何も言われないのに、という歌である。②は友との別れを惜しむ気持ちを表現した歌である。釧や玉、下着は肌に密着するものだから、大切な人との密着感を連想させるのである。もうひとつの理由は、肌身離さず持っていても、他人から不審に思われないからであろう。まぁ、好きな人とは、密着していたいものである。

左手が奥の手である理由

「心のうわ辺」ではなく、「心の奥」で大切に思う。だから、右ではなく左に付けるのにという表現の背後には、左が奥を象徴することや、左の優位があることは疑いえない。さすれば、なぜ左が奥であったのか、ということが気になるところである。その答えのひとつは、多数派である右利きの人は、日常茶飯に右手を使うので、使用の少ない左手が奥に対応するのだ、という説明である。なるほど、そうかもしれない。

対して、これを道路の通行慣習から考えようとする意見もある。日本の古代では左側通行であったから、という意見である（櫻井満訳注『対訳古典シリーズ　万葉集（中）』旺文社、一九七四、四七五頁）。

道で人と人がすれ違う場合、右側通行では互いの左肩と左手が、相手の左肩と左手に接しあうことになる。対して、左側通行の場合は、互いの右肩と右手が接しあうことになるのである。その場合、接しあう方＝近い方＝見えやすい方は、右となる（→辺）。対して、左肩と左手は、すれ違う相手から見て、遠い方＝見えにくい方となる（→奥）。つまり、左は「奥の手」となるのである。

赴任地である筑紫国に「我妹子」を連れていけない振田向は、その妹のいとおしさを歌うにあたり、釧であったなら、と歌ったのであった。同じ釧でも、左に巻くと歌う点に、当該歌の妙もあるようである。

オペラの秘話

晁卿衡《ちょうけいこう》を哭《こく》す
日本の晁卿《ちょうけい》　帝都を辞し
征帆一片《せいはんいっぺん》　蓬壺《ほうこ》を遶《めぐ》る
明月は帰らず　碧海《へきかい》に沈み
白雲愁色《はくうんしゅうしょく》　蒼梧《そうご》に満つ

（武部利男『李白』岩波書店、一九五七）

幸運は突然やって来た

かくかくしかじかと、詳細は省くが、幸運は突然やって来た。オペラの原作と脚本を担当しないかというのである。スケジュールから見て、これは絶対無理。断るべきだったが、私は一秒悩んだ後、受諾した。というのは、『万葉集』の研究者が、オペラの原作と脚本を担当することなど、このチャンスを逃すと一生ないからだ。二〇〇九年度、一幕と二幕がロレックス・タイム・デイ（六月十日）に上演され、三幕と四幕は、二〇一〇年度のロレックス・タイム・デイ（六月十日）に上演された。ともに、奈良・西の京の薬師寺においてである。そして、二〇一〇年の十月二日に、なら一〇〇年会館において、四幕通し上演が、市民の手でなされた。企業が種を蒔き、市民がオペラを育てたかたちである。題は、『遣唐使――阿倍仲麻呂』である。日本ロレックス社のブルース・ベイリー社長は、関西アクセントで「ええのん、書いてや」と言われ、私は即決したのである。

安請け合いは身を滅ぼす

が、しかし。

私はオペラも脚本も素人である。その日から、地獄がはじまった。あぁー、書けない。わび状を書くか、失踪でもするか。いや、仮病はどうだと考えていたころ、ふと、とある資料のコピーが目に入って来た。そうか、阿倍仲麻呂《あべのなかまろ》（六九八 - 七七〇）と詩人の李白《りはく》は友達なんだ。さらに、こんなことがあったらしい。阿倍仲麻呂が日本への帰国を企てて、蘇州から出帆したのち、嵐に遭って現在のベトナム地域まで流されたのだが、長安にはそれが沈没と伝わっていた。そこで友人の李白がその誤報に基づいて、晁卿衡《ちょうけいこう》と名乗っていた阿倍仲麻呂の死を悼む歌を作っていたのである。

そうかぁー。だったら、その歌をわかりやすく訳してみようと思った。

　晁卿衡が死したることを知って声をあげて泣いて作った詩

日本の晁卿は、帝都・長安に別れを告げた――。
彼を乗せた一艘の船の帆の影は、遠い遠い仙界の島を巡って去っていったのだ……そして。
そして、明月のごとく明るいおまえさんは、帰ることなく碧い海に沈んでしまったんだな。
だから、だから、白い雲は愁いを含み、悲しみは今、東の蒼梧の山に満ち満ちているのだな。

（……嗚呼、今ごろ君は！）

訳し終わった途端、私はビビッと来た。「もう、これしかない！　よし、これでアリア（独唱）を書くぞ」と。そして、次のようなアリアを書いた。
仲麻呂は去った
長安を去った
東の海に友は去りぬ
汝こそ明月《めいげつ》——
月は白く！　海は青し！
白き月が、青き海に入る時に……
悲しみはおおう
山をおおう
雲となりて！
山をおおう

これが、オペラ『遣唐使』の三・四幕の物語の柱となる阿倍仲麻呂と李白の友情物語の核となったのである。よかった。なんとか、書けたから。やはり、幸運はどこからやって来るかわからない。詳細は、再演のステージをご覧あれ！

雨で試される恋心

さて男のよめる。

つれづれのながめにまさる涙河袖のみひちてあふよしもなし

返し、例の男、女にかはりて、

あさみこそ袖はひつらめ涙河身さへながると聞かば頼まむ

といへりければ、男いといたうめでて、いままで、巻きて文箱《ふばこ》に入れてありとなむいふなる。

男、文おこせたり。得てのちのことなりけり。「雨のふりぬべきになむ見わづらひはべる。身さいはひあらば、この雨はふらじ」といへりければ、例の男、女にかはりてよみてやらす。

かずかずに思ひ思はず問ひがたみ身をしる雨はふりぞまされる

とよみてやれりければ、みのもかさも取りあへで、しとどにぬれてまどひ来にけり。

（「伊勢物語　第百七段」片桐洋一・福井貞助・高橋生治・清水好子校注・訳『新編日本古典文学全集12』小学館、一九九四）

身を知る雨

交通機関が発達し、傘も雨具もすぐれたものが存在している今日でさえ、雨の日の外出というのは気が滅入るものである。ただし、デートの時だけは、たとえ雨の日であったとしても、気も晴れようが。ところが、前近代の社会においては、雨の日の外出というものは、現代から見れば想像を絶するほど難渋をきわめるものであったと考えられるのである。

『伊勢物語』の百七段には、通称「身をしる雨」と呼ばれる章段がある。それは、こんな話である。とある高貴な男の家に身を寄せる女を、藤原敏行という男が好きになった。ところが、女はまだ若く、手紙を書くこともままならず、歌を読むことなど、ましてままならない。恋歌を返せないということは、恋愛すらできないということを意味する時代の話だ。そこで、高貴な男は、女に代って、敏行から来た手紙への返事を出してやったのである。敏行は、その歌に感動するばかり。あたりまえだろう。代筆者がいるのだから。それも男が作っているのだから気持ちはよくわかるはずだ。こうして二人は結ばれたのだが、こんなことがあったという。

敏行は、「おまえさんのところに行きたいが、雨が降りそうなので迷っています。わが身に幸あれば、雨は降らないでしょう」と手紙を書いてきたというのである。さあ、ここからが代筆者の腕の見せどころだ。そこで、女に代って、かの男は、

かずかずに……（心底思ってくれているのか、思っていないのか、たずねとうございます。私をどう思っているのかわかるこの雨は、私の涙と同じです。どんどん降っておりますよ）

と返したのであった。すると、蓑笠もなく、男はすっ飛んで来たという。つまり、男の気持ちを試した歌になっているのである。

雨だから来ないの、ホントに?

対して、『万葉集』には、こんな歌がある。

春雨《はるさめ》に
衣《ころも》はいたく
通らめや
七日《なぬか》し降らば
七日来《こ》じとや
（巻十の一九一七）

ちょっと、おちゃめに訳してみると、
春の雨がざあざあ降ってだよ
衣がひどくさぁ、濡れ通って（私の家まで）来られないなーんてことが、ほんとにあるのかなぁ！
もしも七日降り続いたらだよ
七日も来ないつもりなの――
ということになろうか。

言いわけが必要な時だってある

男たるもの、女たるもの、時には言いわけが必要なことがある。「どうして、デートをすっぽかしたの?」「あの女の人と食事をしたのはどうして」「私だけと言っていたのに」などと。それは、男にとっても、女にとってもひとつのピンチである。

この万葉歌は、女が男を責めた歌である。歌中の「来じ」とあるのは、男が女の家を訪ねる妻訪いのことである。この男は、女と付き合いだして、ほぼ連日、女の家に行っていたのであろう。もちろん、夜は共寝をして朝帰るわけだが、雨の降ったその日、男は女の家を訪れなかった。折しも、時は春。そこで、女は男を、この歌によって懲らしめようとしたのである。「ふーん。だったら七日雨が降ったら、七日来ないいんだ」「だよね。あなたは、そういう人なのよね」と。こう言えば、男はいやおうもなしに来なくてはなるまい。いわば、女はこの歌で男の心を試したのである。『伊勢物語』も同様だ。試したのだ。男の心を。

笑いが逃げ道で救われる

歌中の「七日来じとや」は、相手の気持ちを忖度する言い回しである。現代で言えば、「ほんとに七日も来ない気なんですか」というニュアンスを含むだろう。こんな雨くらいで、来てくれないとは、あなたの情は薄いのですねと攻撃しているわけである。そこには、春雨はどしゃ降りすることはなく、着物を濡らしても、下着まで濡らすことはないから、外を歩いたとしても、たいしたことはないという前提がある。梅雨や台風や、大雪に比べれば、たいしたことはないではないか。「だったら、私の家に来てよ」というわけなのであろう。その場合、七日というのが目安になっているところが面白い。おそらく、七日訪ねて来ないということは、女が男の気持ちを疑うに充分な時間だったということである。

世の恋人の皆さん、七日空けるとヤバイことになるよ！

吉祥天女に恋した男の話

里人聞き、往きて虚《そらこと》実《まこと》を問ひ、並《ならび》に彼《そ》の像を瞻《み》れば淫精染み穢れたり。優婆塞事を隠すこと得ずして、具《つぶさ》に陳べ語る。諒《まこと》に委《し》る、深く信《うやま》はば感《うご》きて応へずといふこと無し、と。是れ奇異《あや》しき事なり。涅槃経に云《のたま》ふが如し「多淫の人は画《あが》ける女にすら欲《おもひ》を生す」とのたまふは、其れ斯れを謂ふなり。

（出雲路修校注『新日本古典文学大系　日本霊異記』小学館、一九九六）

仏像や仏画をどう見るか

信仰の対象であった仏像を、美術品として見るようになったのは、明治以降のことである。フェノロサや岡倉天心などが、その美術品としての価値を認め、西洋美術の眼でこれを見るようになったからである。奈良のお坊さんたちは、口々にこう言う。「奈良では、ありすぎてその有り難味がわからんけど、東京で奈良の仏像展したら、もう凄い人気でっせ。三時間待ちなんやから」と。たしかに、私も同感だ。でも、ここだけの話だが、やはり仏像は、寺で見るのがよい。奈良大学の教授として宣伝で言うわけではないが、奈良に来てもらわないとホンモノ、ホンマモンは見ることができない、と思う。

吉祥天女に惚れた男の話

一方、その古代の仏像たちはといえば、これがきわめて、肉感的な美しさを持っているのである。ことに吉祥天女は、古代においても美女の代名詞となっていた。吉祥天女の官能美については、しばしば古代の文学に言及されている。『源氏物語』のなかでも有名な「雨夜の品定」において、頭中将が以下のように言うところがある。「吉祥天女を思ひかけむとすれば、法気づき霊《くす》しからむこそ、また、わびしかりぬべけれ」と（「帚木」阿部秋生・秋山虔・今井源衛・鈴木日出男校注・訳『新編日本古典文学全集　源氏物語①』小学館、一九九四）。吉祥天女は美人ではあるが、あまりにも、恐れ多く、また高貴過ぎてあじけない思いをするのではないか、と言うのである。たしかに、父は帝釈天、母は鬼子母神、兄は毘沙門天の吉祥天女では、息が詰まる。そう言って、頭中将は、座談に集った人々を笑わせたのである。美人は美人だが、まっこう臭く、恐れ多くてごめんだと言うのである。たしかに……。

さて、『日本霊異記』中巻には、吉祥天女に恋してしまった男の話が載っている。「愛欲を生《おこ》し吉祥天女の像《みかた》に恋ひて感応して奇《あや》しき表《しるし》を示《あらは》す縁《ことのもと》　第十三」という話である。信濃国の優婆塞《うばそく》が、和泉国泉郡の血渟上山寺《ちぬのかみのやまでら》の吉祥天女の像に「愛欲を生《おこ》し、心を繫けて恋ひ」してしまう話だ。男は「願はくは天女のような美しい女を私にお与え下さい」と願うと、その夢に吉祥天女が現れて「天女の像と結婚することができた」という話である。ところが、「明日に見ると像の裙《も》すなわちスカートの腰の部分が不浄《けがれ》で汚れていた」というのである。つまり、腰巻スカートのところが、男の精液で汚れていたというのである。男はこれを秘密とし、信用した弟子だけに話をしたのだが、その弟子と諍いが起きてしまい、師のもとを去った弟子がこの秘密を言いふらして、男をそしったというのである。

里人はこれを聞いて、男のもとに行き、それが真実かと虚実を問い質した。そうして、その像を見ると精液で穢れていた。僧は隠すことができなくなって、すべてをつぶさに語った。このことからわかることは以下のとおり。深く信じたならば、神仏も心を動かされて、応えないということはない、ということである。これは不思議なことだ。涅槃経に書いてあるように「多淫の人は描いた女にすら欲情を生ずる」というのは、このことを言うのである。

ということは、つまり、奈良時代の人も、それを美として認め、さらには官能美として認めていたということであろう。

ものの価値

あるグラフィック・デザイナーが、私にこんな話をしてくれたことがある。「汗を上手にポスターに描いた時、ホームに貼られていたポスターを見ていた女性がほんとうに水滴がついているのではないかと、自分の描いたポスターを触っていました。その時、私はやったぁーと叫びました。私の描いたポスターは、現実と非現実の壁を越えたとね」と。

なるほどひとつのリアリティーというものが、頂点をきわめるとはこういうことを言うのであろう。今、私たちが、『日本霊異記』の奇譚から学ぶべきことは、現実の世界の側にいる人を、非現実的世界に引きずり込むものの価値というものもあるということである。私はこの話を読むと、いつもそんなことを考える。

もののけの声を聞く

いみじく調《ちょう》ぜられて、物の怪「人はみな去りね。院一《ひと》ところの御耳に聞こえむ。おのれを、月ごろ、調じわびさせたまふが情《なさけ》なくつらければ、同じくは思し知らせむと思ひつれど、さすがに命もたふまじく身をくだきて思しまどふを見たてまつれば、今こそ、かくいみじき身を受けたれ、いにしへの心の残りてこそかくまでも参り来たるなれば、ものの心苦しさをえ見過ぐさでつひに現はれぬること。さらに知られじと思ひつるものを」とて、髪を振りかけて泣くけはひ、ただ、昔見たまひし物の怪のさまと見えたり。あさましくむくつけしと思ししみにしことの変らぬもゆゆしければ、この童《わらは》の手をとらへてひき据ゑて、さまあしくもせさせたまはず。

（「若菜　下」阿部秋生・秋山虔・今井源衛・鈴木日出男校注・訳『新編日本古典文学全集　源氏物語④』小学館、一九九六）

源氏物語千年の夢

二〇〇八年は『源氏物語』千年紀。色々な催物が催され、古典研究者は「千年紀特需」に沸いた。ブームを批判する学者も多かったが、ともあれ、どういったかたちであれ、古典への関心が高まったことはよいことだと私は考える。したがって、私は「ともあれ派」古典研究者ということになろうか。

私の好きな場面

では、ともあれ派の古典研究者の私が『源氏物語』でいちばん好きなところはどこかと聞かれれば、なんと答えるか。やはり「若菜」の下の光源氏と六条御息所との対決場面であろう。紫の上の危篤に駆けつけた源氏は、これをもののけのしわざと疑い、帰りかけていた行者たちを再び集めて加持祈禱をさせたのである。その際、脇には小さな子供を置いていた。それは、紫の上の体に憑いているもののけを、子供の体に移して、次に子供の体からもののけをさらに別のところへ移動させて、もののけを退散させるためである。こういった場合、子供が選ばれるのはなぜかというと、子供のほうが、もののけなどの神や霊が、乗り移りやすいと、当時は考えられていたからである。

女のプライドが女を傷つける!

源氏の予想は、的中した。やはり、もののけだったのだ。なんと、「小さき童」にもののけが乗り移ったのであった。すると、不思議なことに、紫の上は息を吹き返しはじめたではないか。そうして、童に寄り憑いた六条御息所のもののけが話しはじめる。その最初の言葉がよい。「ほかの人たちは皆、はずしておくれ、私は源氏様ひとりとお話申し上げたいのだから」と言うのである。おそらく、紫の上のまわりには、加持祈禱をする人やら、看病をする人やらが多かったことだろう。それでは、腹を割って話ができないというのである。もののけとなった六条御息所は、ひとりの女として、源氏と話がしたいというのである。はげしい嫉妬から、もののけに身をやつしてしまった六条御息所。でも、自分もひとりの女なのだ。私にはそういうプライドが感じられるのである。しかし、そのプライドが、六条御息所を苦しめたのであった。この緊張感あふれるもののけの言葉が私は大好きだ。いや、見事だと思う。私は、『万葉集』を専門としている古典研究者なので、『源氏物語』の訳を披露するのは恥ずかしいが、私なりの超訳・迷訳を示しておこう。

ほかの人は、皆出ていっておくれ！　私はね、源氏様おひとりに申し上げたいんだよ。もののけになって人に取り憑いたこの私をね、数か月もね、加持祈禱で苦しめて説き伏せようとね、苦しい目に遭わせられたのは、情けないほどつらかったよ。どうせのことなら源氏様にこのつらさを知らせたくってね、あなたの最愛の女・紫の上に取り憑いたのだけれども、さすがに源氏様御自らが自分の身を削ってまで紫の上を思い、悲しみにくれる姿を見るとね、こんなもののけになり果てている自分だが、人間だったころの心が少しは残っているんだろうねぇ。ここまでやって来てね、源氏様がこんなにも苦しまれている姿を見過ごすこともままならず、ついにのこのことあなたの前に現われてしまったのよ。けっして、正体をさらさないと思っていたんだけどね。

あまりにも人間的なもののけ

童に乗り移ったもののけはそう言って、髪を振り乱して泣くのである。人払いしておくれ、私が紫の上に取り憑いたのはね、私の苦しみを伝えたかったからなのだよ。でも、あなたの苦しむ姿を見ると、私は堪えられなくなってあなたの前に出てしまったのよ、と言うのである。

なんと、人間的なもののけだろう。実は、もののけは、その正体がわかってしまうと消される運命にあるのである。源氏はこのあと、六条御息所のもののけと対話をしていくことになるのである。まるで、カウンセリングのように。

すさまじき朝

除目《ぢもく》に司《つかさ》得ぬ人の家。今年はかならずと聞きて、はやうありし者どもの、ほかほかなりつる、田舎だちたる所に住む者どもなど、みなあつまり来て、出で入る車の轅《ながえ》にひまなく見え、物詣でする供に、われもわれもとまゐりつかうまつり、物食ひ酒飲み、ののしり合へるに、果つる暁まで門《かど》たたく音もせず。あやしうなど、耳立てて聞けば、さき追ふ声々などして、上達部《かんだちめ》などみな出でたまひぬ。物聞きに夜より寒がりわななきをりける下衆男、いと物憂げに歩み来るを、見る者どもはえ問ひだにも問はず。外《ほか》より来たる者などぞ、「殿は何にかならせたまひたる」など問ふに、いらへには、「何の前司《ぜんじ》にこそは」などぞ、かならずいらふる。まことにたのみける者は、いと嘆かしと思へり。つとめてになりて、ひまなくをりつる者ども、一人二人すべり出でていぬ。ふるき者どもの、さもえ行き離るまじきは、来年の国々手を折りてうちかぞへなどして、ゆるぎありきたるも、いとをかし。すさまじげなり。

（松尾聰・永井和子校注訳担当『新編日本古典文学全集　枕草子』小学館、一九九七）

清少納言の考えたすさまじきもの

『枕草子』の章段のなかに、「すさまじきもの」というのがある。形容詞「すさまじ」とは「興ざめである。情趣がなく、殺風景だ」という意味である。まぁ、ぞっとするほどおぞましいこと、というくらいの意味に捉えておけば間違いない。清少納言が、すさまじきもののひとつとして挙げているのが、「除目に司得ぬ人の家」だ。「除目」とは、官職の任命をすること、またその儀式をいう語である。簡単に言うと、人事異動の発令日とでも言うことができようか。異動といっても、次のパターンがある。職のない人が職に就く。職のある人が職を失う。職のある人が、別の職に就く。さらには、昇進、左遷が、あるわけだ。主人が職を得れば、その主人のコネによって職を得ることができるかもしれない。だから、除目の日、有力者の家は、千客万来となる。いつもの砕けた拙訳を示しておこう。

除目に司得なかった人の家のこと。今年はかならず任命があると聞いて、以前から仕えていた人びとで、主人のもとを去って散々ばらばらになっていた人びと、田舎に住んでいる縁者などが、皆集まって来て、出で入る牛車のながえがすきまなく見えるほどだ。ところが、任官祈願の物詣でするお供に、われもわれもと参上しては奉仕し、食事をさせてもらって酒を飲ませてもらって、大騒ぎしているのに、朝まで門をたたく音さえもしない（もうすぐ、吉報は来るはずなんだが……）。はて、不思議だと、耳をそば立てて聞くと、お偉方の出入りにともなう先払いの声々などがして、上達部などみな宮中から帰って来られた。すると、吉報を早くキャッチするために夜からぶるぶるとふるえながら控えていた男が、たいそう物憂げにやって来るではないか。ところが、見ている人たちはその結果すらも問えない。事情のわからない外からやって来たヤツだけが、「殿は何という職におつきになったのかい？」などと聞くと、答えには、「ある国の前国司になられました」などと、決まって答えるものだ（ということは、今年はダメだということ）。心から頼みにしていた者たちは、たいそう情けない思いをするものだ。翌朝になって、ずっと控えていた者たちも、ひとり二人とこっそり出ていってしまう。古くから仕えている者たちで、簡単に去っていくこともできない縁のある者たちが、来年の空きの出る国々を指折り数えて、ちょろちょろ歩いているのには……ちょっと笑ってしまう。すさまじい光景だ。

清少納言が描いているのは、蟻が甘いものに群がるように、コネを頼って、参集する人びとであった。

ちょっとせつない話

永く政治部の要職についた新聞記者と会食する機会があった。彼にいわせると、選挙の結果予想というものは、立候補者がいちばんよく知っているということである。つまり、さまざまな手ごたえから、投票日の三日前には、本人が当落を肌で感じ取っていて、それはほとんど外れることがないというのである。「そんな馬鹿なぁ……」と私が言うと、彼はこんな話をしてくれた。それは、集金でわかるそうだ。末端各運動員は、自分の推している候補者が落選するとわかると、必要経費の請求書を投票日前に事務所に請求しだすというのである。ところが、当選した場合には、その必要経費の請求は今度は半分に減るというのである。つまり、請求すべき経費があっても、請求しないというのである。つまり、同じ選挙でも、落選した時の方が、経費は二倍掛かるというのである。これを「選挙の貯金」というそうだ。つまり、選挙に勝った時には、請求せずにむしろ「貸し」を作っていたほうが得策ということらしいのである。私は、この話を聞いて、日本の政治風土というものを考えた。と同時に、『枕草子』の「すさまじきもの」のこの場面を思い出したのは言うまでもない。

よって、市川海老蔵の名ゼリフ

カツポウ甚た難澁し、彼の客等が御寺え参詣仕候時に、容貌御覧被下候事を許させ給へかしとい へハ、参寺ハ彼方の勝手なり。差留るわけなしとの答へに、カツポウは白猿がもとにてハ、仙厓承知ととりなし、翌日聖福寺に同道し、隠宅の表まで至れり。仙厓ハまさにフロを焚き、点茶の準備を、カツポウハ白猿に茶をふれまハるゝと心によろこび、しがし待ゐしに、仙厓ハ自己独り喫し、やがて襖をあけ、立《たち》ながら白猿を見て、巨眼也の一言にて襖をとぢ、裏口より出足し、何処に行かれしや知るものなし。カツポウは忙然たり。

（「第五十　江戸芝居役者市川海老蔵が仙厓に対面を乞ふ」海妻甘蔵『筑前人物遺聞』文献出版、一九八六）

市川海老蔵、博多で興業

幕末から明治にかけて、博多で活躍した学者に、海妻甘蔵《かいづまかんぞう》（一八二四‐一九〇九）という人がいる。漢文の作文にすぐれ、神官として奉仕したり、学塾を開いて教育にも携わった人物であるが、今は知る人もない。その海妻が残した回想記ないしはうわさ集のごとき記録の一部が刊行されている。そのなかに、天保年間に西下して博多で興業を打っていた江戸役者、市川海老蔵こと白猿のことが載っている。これは素麺師久右衛門が語った内容を海妻が書き留めたものである。この話が、おもしろい。

博多に海老蔵が滞在している時に、土地のいわばヤクザモンでカッポウとあだ名されている人物が、海老蔵の旅館に出入りしていた。海老蔵は、カッポウに対してこう言った。「博多の高僧仙厓《せんがい》は、書画よくして高名だと聞くが、会うことはできないか」と。するとカッポウは、海老蔵がすべてを言い終らないうちに、そんなことは簡単なことだ、表に立ってお願いしても無理だろうから、私が仲立ちをしましょうと、たやすく請け合ったのであった。仙厓（一七五〇－一八三七）は、当時から著名な禅僧で、高雅ながら滑稽味のある絵は人気を博していた。今でも、高額な値段で書画が取引されている。博多の名家で茶室のある家では、今でも争ってこれを求める風がある。カッポウは安請け合いをして、聖福寺の隠居所に行き、「江戸の千両役者の海老蔵さんが、お逢いしたいと申し出ておられます。是非逢ってやって下さい」と申し出るのだが、当の仙厓は、「芝居の役者が俺に用あろうはずもなかろう。また、俺もやつに会う必要もなかろう」と言って、取り合わない。カッポウは、安請け合いした手前、引くに引けず、困り果ててしまう。ここからが、冒頭に掲げた引用文だ。困り果てたカッポウは、「海老蔵が、聖福寺にお参りした時に、仙厓さまのお顔だけ見せてやって下さい」と仙厓に頼み込む。仙厓は、「そりゃ、お寺にお参りするのはどなた様も勝手自由だ。さしさわりなどなし」と言う。たしかに、お寺にお参りに来るというのに、来るなとは言えまい。

仙厓の超俗、海老蔵の眼力

そこで、カッポウは、海老蔵には、仙厓和尚が面会を承諾したと伝え、翌日聖福寺に連れてゆき、隠居所の裏に案内をした。おそらくは、そう言わないと安請け合いした手前、面子が立たなかったのであろう。また、カッポウもカッポウで一縷の期待を持っていたのかもしれない。わざわざやって来た江戸の千両役者を追い返すわけがないだろうと。その時、仙涯はちょうど点茶の準備をしていた。カッポウは、そうか仙涯和尚は、海老蔵に茶を振る舞ってくれるのかと心のなかで喜んで、呼び入れられるのを海老蔵と二人で待っていた。ところが、である。仙涯はひとりお茶を飲んで、やがて襖を開けて、立ったまま海老蔵を見て、

「巨眼なり！　(目の大きなやっちゃ！)」

と言うやいなや襖を閉じて、裏口から出て行ってしまい、どこに行ってしまったかもわからなくなってしまったのである。カッポウは、ただただ呆然とするばかり。せっかく天下の千両役者を寺に連れて来たのに茶も振る舞わず、それも自分だけ飲んで、あの仕儀とはいかなるものかと思ったことだろう。そして、何よりも、このカッポウさまの顔が立たないではないか。ところが、海老蔵はこう言ったというのである。

「いかにも高僧なり！　(これこそが高僧だ)」

と嘆息して言ったというのである。私はこのセリフに、海老蔵の凄さがあらわれていると思う。いかに千両役者といえども、それに媚びぬところが、そしてその振る舞いこそが、高僧ではないのかということであろう。海老蔵は、仙涯のいかなるものにも媚びず、妥協しない超俗の心を読み取ったのである。ただし、ここからは、ひねくれ者の私のうがった見方を示しておきたい。仙涯は、市川家の家芸に新春恒例の睨みの芸があり、それを知って巨眼なりと言ったのではなかろうか。いや、これは、下衆の勘ぐりだろうか。

私など、人によって態度を変え、人の顔ばかりを見ている人は大嫌いなのに、自分だって右顧左眄《うこさべん》していることがある。たしかに、この話はいい話だ。海老蔵にも、仙涯にも。

ちなみに、カッポウは、後にある国の人が妻の敵打ちをした時に、助太刀をしたという話がおまけとして記されている。

カンカン踊りをさぁはじめましょ！

看《カン》看《カン》兮《イ》。
賜《スウ》奴《ヌ》的《テ》九《キウ》連《レン》環《クワン》。
九《キウ》呀《ヤ》九《キウ》連《レン》環《クワン》。
雙《サン》手《シウ》拿《ナ》來《ライ》解《キヤイ》不《ブ》解《キヤイ》。
拿《ナ》把《ハ》刀《タウ》兒《ル》割《カ》。
割《カ》不《プ》斷《トワン》了《リヤウ》。
也《エ》々《エ》呦《ユウ》。也《エ》呦《ユウ》。

變《ベン》个《コ》兮《イ》。
鳥《チヤウ》兒《ル》的《テ》飛《ヒ》上《シヤン》天《テン》。
飛《ヒ》呀《ヤア》飛《ヒ》上《シヤン》天《テン》。
唭《キ》哩《リ》呱《ク》嚧《ル》落《ロ》下《ヤア》來《ライ》。
還《ワン》有《ユウ》一《イ》個《コ》春《チユン》。

春《チユン》相《スヤン》會《オイ》了《リヤウ》。
也《エ》々《エ》呦《ユウ》。
也《エ》呦《ユウ》。

（長崎市篇『長崎市史　風俗篇　下』清文堂出版、復刻版一九六七。初版一九二五）

鶴瓶師匠の「らくだ」

二年前、笑福亭鶴瓶師匠の「らくだ」を聞いた。あまり、自慢気に言うと、反感を買うかもしれないが、ノーカットでまるまる全部。しかも五十席しか入らないライブハウスで。それも肉声で。聞いたのは奈良市の奈良町という旧市街地の店屋を改装したカフェで、「てんてんかふぇ」というところだ。亡くなった河島英五さんの奥さんとその家族が、河島さんのお墓を奈良町に建てたのをご縁に、奈良町にカフェを開店されたのである。英五さんの人徳で、このカフェには、名だたるアーティストが来演して、今や奈良町の観光スポットのヘソになっている。

鶴瓶師匠の人物造型は、微に入り細に渡り、われわれに人物のイメージを正確に伝えてくれる（読者の皆さん、だまされてはいけませんよ。やはり鶴瓶さんは落語家です。鶴瓶さんの落語を聞かないとあの話芸の深さがわかりません。一度は、生で聞かないと、人生の損です）。

死人のカンカン

落語「らくだ」は、放蕩の上に死んだ、らくだという男の葬式をダシにして、一杯飲もうとする長屋の面々の悪知恵を描いたもので、たくましく生き抜いた大阪の庶民のパワーを感じさせる演目である。

聞いたことのある人も多いのではなかろうか。その人物の活写が、まさに鶴瓶流で、私は一晩で虜になった。

さて、その「らくだ」のなかに、しぶちんの大家から酒をせしめるために、「死人のかんかん」を踊らせましょうか、という下りがある。つまり、死人を文楽人形のように操って、大家の家に暴れ込もうかというのである。もちろん、大家は大慌て、酒と肴を出すことを約束する。ではこの「カンカン」とはいかなる踊りを言ったのか。これは、江戸時代、長崎にやって来た唐船の船乗りたちが、長崎丸山の遊郭で歌い、それが全国に広がった、いわば中国のはやり歌なのである。しかも、この踊りは、身ぶり手ぶりも大げさに、輪になって踊るものであったから、死人のカンカンなど踊られては一大事なのである。つまり、江戸時代では遊郭で大騒ぎをする時に踊る踊りの代名詞だったのである。ために、近代に入るとフレンチ・カンカンといえば、踊り子が客に大サービスしてスカートをたくし上げて、足をあげショーツを見せる踊りを指すようになるのである。

カンカンの新訳

ここで、今あらためて、この「カンカン」こと「九連環」を、私なりに訳してみよう。九連環とは、知恵の輪の一種のことだが、歌全体を通して主人公の芸者が、暗に男のことを語っていて意味深長。一応、意訳しながら、歌えるように訳文を作ってはみたのだが……。

見て、見て、見て、見てよ。
彼氏の私への貢ぎもの。
九連環のこの輪っか、輪っかが九つあるんだよ九つ九つ重なってるぅ　輪っかだよ！
両手で引っぱっても、割れやしない。
刀で切っても、切れやしない。
これが私の九連環！
——さぁーさぁーどうするの
——さぁーさぁーどうするの

鳥になりたや、空を飛ぶ。
鳥になりたや、空を飛ぶ。
きままに飛んでる　その鳥に。
飛んでりゃ、時には春も来る。
飛んでりゃ、時には春も来る。
——さぁーさぁーどうするの
——さぁーさぁーどうするの

「看看」は「見て見て」

中国語を習っている人でも、「カンカン踊り」の「カン」が中国語の見るの「看」だとは知らない人が多いのである。これを重ねて「看看」、すなわち「見て下さい。見て下さい」と表現するのである。その同音反復でリズムが出るのである。ために、日本語に訳す時にも、「見て見て」と反復してリズムを出したのである。意味はとらえて新訳したつもりである。だが、これを歌ってくれそうな人は、まだ見つかっていない。誰か奇特な人は、いませんかぁー。

最後に私の夢を語ろう。長崎にやって来た唐船の船頭たちが遊び、頼山陽《らいさんよう》、向井去来《むかいきょらい》、そして坂本龍馬も遊んだ長崎丸山の花月楼で、私はこの新訳カンカンを芸者さんに歌ってもらい、自ら踊りたい。それが、私のつたない夢だ。求む、パトロン！

高橋是清の放蕩

唐津へは家老の友常典膳氏も同行することとなり、顔見知りの意味にて、一夕晩餐でも差上げたいとて、誘わるるままに、始めて吉原というところに連れて行かれた。

確か、金瓶大黒であったと思う。宴を済まして、花魁の部屋に入って見て驚いたのは、その床の間に、当時の洋学者が涎を流してほしがっていた『ウエブスター』の大辞書や『ガノー』の究理書などが並べてあり、その傍らには『八犬伝』が積み重ねてある。

やがて花魁がやって来た。小少将という女であったが、『八犬伝』を取り出して仁義礼智信の話を始めた。そうしていうのには、

「貴方は、ここに始めておいでになったが、この廓は貴方のような若い人の来るところではありません、貴方など、これから大いに勉強して出世せねばならぬお方ですから、今後は二度とこんな所へは来ないようになさいまし」

と、懇ろにかつ思わざる意見を受けた。

それを聞いて、私は吉原の花魁はさすがに違ったものだ、柳橋の芸妓などとは比べものにならぬと考えた。それでも、洋書があるのが不審でたまらぬので、「あすこに洋書があるがお前はあれが

読めるのか」と聞くと、

「あれは私には解りません。しかしお客さんの中には、読む人がありますから置いてあるのです」

ということであった。

かくて、私は、婦女子にまで意見をされる我身かなと、つくづく自らを省みると共に、また一層奮励する気分にもなった。

（『高橋是清自伝（上）』中央公論社、一九七六）

『高橋是清自伝』が大好きです

私の髪は、高校二年の時から、ずっと今に至るまで真ん中分けだ。それは、なぜか？　高校二年生の時に、『高橋是清自伝』を読み、さらには自分で調べてみて、是清が若い時に真ん中分けにしていた時の写真を見つけてからだ。なぜ、そんなに高橋是清が好きなのか？　それは、こんなにも自由に、こんなにも大胆に、自らのため、他人のために働き、生きてみたいと思ったからである（現実は平凡な教師生活だが……）。高橋是清は、首相にもなったが、やはり二・二六事件で射殺された蔵相として多くの人の心に記憶されているだろう。是清が生まれたのは、安政一（一八五四）年。江戸・芝露月町で生まれたが、仙台藩の高橋家に里子に出されている。つまり、藩閥絶対の世のなかで、反藩閥の陣営のひとりとして生きていくこととなる。十二歳で英学修業をし、横浜で英国人のボーイとなり、苦学してアメリカ洋行するつもりが奴隷として売られてしまい、苦労のすえようやく帰国したのが十五歳の時。帰って英学に磨きをかけるべく、フルベッキ博士の下で学ぼうとするのだが、十七歳にして酒の味を覚え、十八歳にして馴染みの芸妓・東家桝吉と同棲。そんな折、佐賀の唐津藩の洋学校赴任の話が持ち上がったのであった。唐津赴任が決まって、唐津藩の家老が、接待の意味で吉原に連れていくのである。時に、明治四（一八七一）年の話だ。このあたりが、実におもしろい。私はこれが、「明治」という時代だと思う。なんと、花魁《おいらん》の室にも英書があるのだ。そして、この花魁の言葉がいい。凛としていい。

『高橋是清自伝』のおもしろさ

では、『高橋是清自伝』のおもしろさはどこにあるのか？　私はこの人の賢か愚かわからない人間性に心ひかれる。とにかく、若い時は、同じ職場に二年と居着けないのである。唐津藩の洋学校教員、文部省出仕、官立の英語学校教員などなど。職を転々とするのだが、その辞め方が、一つひとつエピソードになってゆくのである。そして、読者をはらはらどきどきさせる。次々に大事をしでかすのだ。きわめつけは、投資話をもちかけられたペルーの銀山を、なんと自分で経営しようとして、ペルーに渡ってしまうところなど、ちょっと笑ってしまう。ところが、行くと、そこはすでに廃坑だった。大きな借金を背負って、ここから彼の第二の人生がはじまるのである。

私はいつも、自伝を読むと思い浮かぶ言葉がある。それは、「よせばいいのに」という言葉である。そのままその職場にいれば、出世するのに、いつも色気をだして、飛び出してしまう。彼が天職を見つけたのは、明治二六（一八九三）年に日本銀行に入ってからであろう。ペルー銀山の失敗で、彼は考え方を変えたのだ。そして、日露戦争の外債募集に大功績を上げる。大富豪・ロスチャイルド家への日本の外債募集に成功するのである。苦労して身につけた英語。事業の失敗で得た忍耐力。彼の人生は、常に「よせばいいのに」を繰り返してステージを変えていく。そして、よせばいいのに、暗殺された原《はら》敬《たかし》のあとの政友会の総裁を引き受ける。ここから、彼の政治家としての人生がはじまるのである。ほどなく、首相にまで上り詰めるのだが、資金力のない是清は、党をまとめきれなかったのである。

ところが、首相をやめてからが、すごい。彼は日本の財政の守護神となり、何度も蔵相を務めるのである。しかし、軍部の予算削減を「よせばいいのに」断行し、二・二六事件で凶弾に倒れたのであった。彼はそれまでの全人生で得たものすべてを賭けて、いつも丁か半かの博打を打つ人なのである。あくまでも、勝ち逃げを嫌う男なのだ。私は自伝を読むたびに、「よせばいいのに」と思ってしまうのだが、そこに限りない魅力を感じてしまうのである。

素人下宿娘つき

日露戦争前後までの学生は今日の学生のように、カフェーの楽しみも銀ブラの味わいも知らなかったけれども、また音楽、美術、演劇等に今ほど恵まれていなかったけれども、住居というものは楽々と得られた。下宿料も無論安かった。下宿屋では歓迎してくれた。そしてその上に素人宿といって、普通の家庭で学生を下宿させることがこの頃の流行になっていた。たまたま道を歩いていると「貸間あり」と張札をして置く家は何軒も目に着いた。または大学生なら間貸しをしたいというような広告が、新聞の人事欄に毎日のように出ていた。その頃の川柳に「貸間あり賄附娘附」などとあった位で、阿母さんと娘くらいの寂しい家庭で、誰も男がなく、淋しいから学生でも置いたらばと言って置くようなのも定めし多かったろう。

（生方敏郎『明治大正見聞史』中央公論社、一九七八）

「素人下宿」とは

今日、生方敏郎《うぶかたとしろう》（一八八二―一九六九）と言っても、ピンと来る人は、ほとんどいないであろう。群馬県の沼田に生まれ、早稲田の英文を出て、朝日新聞に入社したのを皮切りに、多くの雑誌を編集した人物で、ユーモア作家としても戦前知られた人物だ。この人物の著書の一つに『明治大正見聞史』（中央公論社、一九七八）というものがある。明治・大正の東京を知るためには、これほどよい本はない。

未亡人たちの戦後、日清・日露戦争後

よく、作家の年譜などを見ていると「素人下宿〇〇〇家に居を定め」というものが出てくる。おそらく、商売でやっている下宿屋ではないことは、なんとなく察しがつくのだが、どんなものかはなかなかイメージできない。まぁ、「間貸し」「間借り」だとは思うが、それもよくわからないのである。そんなある日、生方の『明治大正見聞史』を読んで「はっ」とした。なるほど、そういうものかぁーとうなったのである。素人下宿のなかには、日清・日露の戦争未亡人たちが営むものも多かったのである。そう思うと、あの夏目漱石の『こころ』（新潮社、一九五二）も、素人下宿が舞台である。しかも、作品中に、夫は日清戦争で戦死したかのように読者に類推させる個所がある。この点については、小森陽一さんもことあるごとに指摘している点だ。漱石は、やはり戦争未亡人たちが背負った戦後というものを念頭において、『こころ』を書いているのだ。

私は、生方の文章を読んで思った。たぶん、漱石はそういうどこにでもあった戦争未亡人の素人下宿で起った一つの話として書いているのであろう。下宿屋の娘と学生の恋。それは、あまりにもありふれた話だったのだ。ここで、小説『こころ』のあの名場面を引用しておこう。若き「先生」が下宿屋の未亡人に娘さんを下さいと迫って、それを未亡人が承諾したところである。

それから未だ二つ三つの問答がありましたが、私はそれを忘れてしまいました。男のように判然したところのある奥さんは、普通の女と違ってこんな場合には大変心持よく話の出来る人でした。

「宜ござんす、差し上げましょう」と云いました。「差し上げるなんて威張った口の利ける境遇ではありません。どうぞ貰って下さい。御存じの通り父親のない憐れな子です」と後では向うから頼みました。

(夏目漱石『こころ』新潮社、一九五二。初版一九一四)

明治女の言葉だ。なんと印象的な場面だろう。そういえば、子供のころこんな看板があった……「間貸し。ただし、帝大生のみ」。

大学生の重み

生方も述べているように、戦前までの「大学生」というものは偉かった。それは、進学者そのものが少なかったからである。それは、エリートそのものだったし、大学の持つ知識が、社会全体を牽引する力を持っていたからである。先日、茂木健一郎さんと話していて、こんな話になった。茂木さんが言うことには、「単に知識ということだけでいえば、研究所があり、ネットもあり、大学だけがもう知識を独占しているわけではない。しかし、知識を体系立てて教えてくれるところは、今のところない。現在の大学の存在意義は、そこにある」と言うのである。確かに、ネットで検索すれば、大概のことがわかる。しかし、それは単に羅列的知識であって、体系がない。例えば、『万葉集』を学ぶとすると、大学なら、それを読むために必要な技術を、学ぼうとする人の知識量に合わせて段階を踏んで教えてくれる。成立・構成・歌体・語法・歌人・時代背景と、体系立てて教えてくれるし、学生の関心に合わせて、必要な参考文献を教えてくれる。つまり、この点だけに大学の社会的存在意義があるというのだ。なるほど。

大学進学率が上昇し、大学生はエリートではなくなった。帝大生に下宿をしてもらい、娘の将来を託したい。そんな話を知り、私は今あらためて、大学の存在の意味を考えたのであった。多少、自嘲ぎみにだが。

藤田嗣治の語るモディリアーニ

モデリアーニとは最後の日まで私は交際しておったが、……彼はイタリア人であり貴族風の優しい眼元の気品高い男であったが、年中同じ弁慶縞の襯衣《シャツ》を只一枚着ただけで労働者の様に赤い腹巻をしていた。この男も非常な酒好きで、朝から晩まで管を巻いていた。よくキスリングと喧嘩をしておったが、大抵アブサンとコンニャック、後にはウイスキー等の強い酒を日に必ず一二本平らげながら絵を描いていた。顰め顔をしたり、肩を怒らせ大声を張り上げて随分乱暴な恰好をしてモデルを恐れさせた事だった。反して出来る画は優しい美しいものであった。で死ぬ時もシャリテの慈善病院であったが、翌朝五百人余りの友人と花輪が続いて病院の人々が驚いた程の立派な葬式が出た。酔ってモンパルナスの大道に臥し電車を止めたりして愛されていた。いよいよの重態を知るやパリの三十余りの画商は彼れの画室に集まって画を争いいよいよその葬儀の列には僅三人の画商を見た時に慄然とした。

（藤田嗣治「モデリアーニ」近藤史人編『腕一本《ぶらいっぽん》・巴里《ぱり》の横顔　藤田嗣治エッセイ選』講談社、二〇〇五）

藤田嗣治のエッセイ

藤田嗣治《ふじたつぐはる》（一八八六‐一九六八）と言えば、何を思い出すだろうか。有名なのは猫の絵だが、乳白色にはっきりとしたラインで描かれた裸婦もすばらしい。エコール・ド・パリ（パリ派）の代表的な画家で、今日においても、フランスでもっとも著名な日本人画家である。また、あのおかっぱ頭を思い出す人もいるかもしれない。乳白色の下地については、ピカソをはじめとして当時の画家たちが讃嘆し、その秘密を探ろうとしたと言われている。実は、あの裸婦のラインは日本画用の筆で書かれたもので、そのラインの美しさは、東洋の画人の筆使いを応用したものと言われている。

大正二（一九一三）年にフランスに渡った藤田は、パリのモンパルナスに居を構え、アメデオ・モディリアーニやシャイム・スーティンらと交友した。さらには、後のエコール・ド・パリのジュール・パスキン、パブロ・ピカソ、オシップ・ザッキン、アンリ・ルソー、モイズ・キスリングらと交友して、パリ画壇の人気者であった。

その藤田が、エッセイをものしている。それは、藤田自らが身を置いたエコール・ド・パリ時代の証言集になっていて、おもしろい。私は四十歳を過ぎた時から絵が好きになったが、この本を読んで、展覧会に行く楽しみがまた増えた。

殺伐とした死

その藤田が見たモディリアーニについての文章を読んでみたい。アメデオ・クレイメンテ・モディリアーニ（一八八四‐一九二〇）と言えば、女性の顔と首の長い肖像画が有名である。肺結核を病んでいたモディリアーニは、その痛みを和らげるために、強い酒を飲んで、ほとんどアルコール中毒者であった。

たしかに、困った人だったようだ。しかし、あのやさしいフォルムの女性画を描いたのが、こういう人だったのかと思うとまた絵を見るのが楽しくなる。

結核性髄膜炎により三十五歳で没したモディリアーニ。その妻は、彼の死の二日後、後を追って自宅から飛び降り自殺した。この時妊娠九か月。また一方では、重態の床で、遺作を争った三十名の画商たち。それに比して葬儀に参加した画商はたった三人であった。人の人たるところは「欲」によるとは、まさにこのことだ。

藤田が見た人物伝

藤田がエッセイで書いた人物伝は、友人の思い出の記なのがおもしろい。たとえば、ピカソ(一八八一-一九七三)については、こんなことを書いている。多く追随者がいるが、ピカソ自身は、画風がころころと変わり、そのたびに追随者たちは困ったことになる、と。

また、ドンゲン(一八七七-一九六八)の話も、おもしろい。今日、ドンゲンといってもピンとこない人も多いかもしれないが、生存中は人気画家であった。藤田は、社交界で活躍する夫人には、一度はドンゲンに絵を描いてもらいたいと念願する人が多く、ために画料が高騰し、生活に余裕があったと書いている。実際にドンゲンの描く婦人の肖像画は、パリの流行をいくおしゃれな人びとが多い。あぁー、パリのパーティーとは、こんなところに、こんな人が集ったんだろうと思って私は絵を見ている。ために、藤田のエッセイを読んでから、ドンゲンの絵を見ると、いつもそのファッションに注目してしまう。と同時に、どんな人が、どのような理由で、この絵を注文したか知りたくなる。

また、キキという藤田のモデルについても、気になる記述がある。画家とモデルには、ともに闘う戦友のようなところもあるし、恋人関係になる場合も多い。しかも、人気のモデルは、複数の画家のアトリエに出入りするから、虚実が入り混じった噂も飛び交うし、実際に三角、時には四角五角関係になる場合もある。モンパルナスの女王とも呼ばれた人気モデルのキキもそんなひとりなのだが、病気になったキキのために、藤田自身が裸人像の男性モデルになって金を工面する話が出てくる。藤田の筆致からは、恋愛感情を読み取れる。しかし、具体的に、藤田は二人の関係を明かさない。私は、藤田の展覧会にいくと、どうしてもキキを捜してしまう。ちょっとおちゃめな顔のキキを捜しては、二人の関係を想像してしまうのである。

まぁ、下品な絵の見方だが、キキが気になってしようがない。

男の夢、〝ぎをん〟で散財！

祇園で今では見られなくなつたものに、「雑魚寝」のほかにもうひとつ「逢状」というものがある。

これは客が来た時に茶屋から名差しの藝妓や舞妓に出すものであつて、大体葉書大位の紙に、「××さまゆゑ直ぐさまお越しねがひ上げ候」という文句と茶屋の名とが印刷してあり、××というところに客の名前を書き、それに相手の名前を書いて、それぞれ藝妓や舞妓の屋形に届ける。そうするとそこの苧姆《おちよぼ》がそれをそれぞれの出先へ届けるのだが、客の方では出した数の何分の一位しか来ないのが分つているので、十枚も二十枚も書くものがある。それだから一流の藝妓や舞妓になると、襟元のところにはみ出す位多くの逢状を持つていて、それが一種の見得にもなるのだつた。

（「京都」吉井勇『東京・京都・大阪――よき日古き日』平凡社、二〇〇六）

私と〝ぎをんまち〟

もし、癌で余命が半年。保険で二億円入るとしよう。私は、その半分のお金で、京都の〝ぎをん〟で豪遊する。お世話になった人たちを連日、ご招待。飲めや、歌えの大騒ぎ。でも、空しさだけが残るか？

かくいう私は、自腹で〝ぎをん〟に遊んだことは、一度もない。ただし、こういう商売をしていると、「ご招待」というものを受けることがある。「上野先生、本日はご講演ありがとうございました。会長のほうが〝ぎをん〟で一席設けたいと申しております。今晩はお時間がございますか？」

そう言われて、時間がないのでとお断りすることなどありはしない。家人が危篤という以外は、外国行きもキャンセルする私だ。したがって、まぁ、年に一度や二度、お茶屋さんに靴を脱ぐことはある。でも、ここだけの話だが、私の隣には、今や〝ぎをんまち〟の生き字引と称されるIさんが必ず座るので、もうテンションはすりばちの底。どん底だ。というのは、初回の時に、Iさんから川端康成や荒畑《あらはた》寒村《かんそん》との交友の話を聞いたのがいけなかった。それも、興味深そうに。

それからというもの、私に往年の文学者の話をするのを楽しみにしてくれているのである。「川端先生は、ああやった、こうやった」「京都大学の○○先生はな……」。そんなこと、どうでもいいやん、と思うが、私も物書きの端くれなので、興味は確かにあるにはある。そのIさん曰く、

「うえのせんせい、あんたも早よう偉ろうなって、自腹でぎをんまちでお酒飲めるようになりなさいよ。きばらんと、きばらんと。」

そう言われても……。

アイジョウとは

〝ぎをん〟をこよなく愛した歌人に、吉井勇（一八八六‐一九六〇）がいる。ちょっと切ない男目線で、〝ぎをん〟の風物を詠んだ歌には、なんとも言えない味があって、私のお気に入りの歌人のひとりだ。

その吉井が、今はなつかしき京都を回顧した随筆に、小品ながら「京都」という一文がある。冒頭に掲げた一文を読んだ私は、一瞬絶句して大笑いした。逢状とは、茶屋から芸妓、舞妓さんに出すいわば呼び出し状だが、おそらく電話が普及する以前は、この逢状で呼び出しをしていたのであろう。

実は、私の通っていた福岡のとある小学校に、なぜか京都からはるばる九州に流れ着いて、教師をしている風変りな先生がいた。この人は、どこか頼りないところがあり、生徒にも親たちにも信用というものはなかったが、それでいてどこか芯の強そうに見えるところもある先生だったと記憶している。先生は、生徒が学校で悪さをしたり、成績が悪かったりすると親をたびたび呼び出すのだが、その呼び出し状のことを「アイジョウ」と言っていた。この先生は、生徒に親の呼び出し状を渡す時に、「親にアイジョウを持って行きなさい。必ず渡すように！」と言って必ず渡していたのであるが、小学生の私は、「アイジョウ」は「愛情」で、これは教師の生徒に対する愛情だと思っていたのである。つまり、愛情があるから、親をわざわざ呼び出すのだという意味だと思っていたのである。この文章を読むまでは。それは、ひとつの洒落だったのだ。

吉井勇のうた

それにしても、逢状とは、優雅ではないか。そして、吉井は、こう言葉を継ぎ、若き日のうたを披露する。

その当時の思い出として、私が「祇園歌集」につづいて出した「祇園双紙」という歌集の中には、「逢状」と題する歌が三首ほどある。いずれも今となつては汗顔至極のものであるが、この歌を作つた時は、まだ二十代だつたのだから、若さに免じてお目こぼしを願つて置く。

渡されてうれしと君の笑ふときわれ逢状とならましものを
仇ぎとの名ある逢状ちらと見てわれや切なきもの妬みする
或るときは古逢状を取り出しむかしの恋を泣くと云ふかな

ぼくは逢状になりたいよ君の笑顔を見たいから、恋仇の逢状を見るとやはり嫉妬する、そして昔の逢状を見てかの日を偲ぶ、と。ちなみに、先日、Ｉさんに逢状のことを聞いてみると、こういう答えが返ってきた。

「いくらあたしが〝ぎをんまち〟のシーラカンスというても、そんな昔のことを知るわけはないやないの！」

失礼いたしました。でも、シーラカンスって呼ばれていたの知っていたんですね、Ｉさん。

あした、お出やしたあとに、何しよう

「あした、お出やしたあとに、何しよう。留守ごとに何して暮さう」。かう言ふ語にせぬ、愉しい意志が、皆の心のおもてに涼しい微風のやうに動くのであつた。其ほど、私どもの父は気むつかしい人であつた。さうでなくても、大阪の良家の良俗と言はれるものは、大きな声では言へぬが——、まあ一通りの心易だてを唯一の縋りどころとして、此世を安気に暮してゐる町人の家庭などでは、何にしても、和やかな気味あひになつてゐる時が、一番幸福な思ひに息をつくのである。

（「留守ごと」『折口信夫全集』第三十三巻、中央公論社、一九九八。初出『暮しの手帖』第三号、一九四九）

かけとりの話

小品だが、折口信夫《おりくちしのぶ》（一八八七－一九五三）の随筆に、「留守ごと」という一文がある。主人の外出中に、家族や丁稚《でっち》が好きな食べ物を勝手に作ったり、店から出前を取ったりして、ちょっとした宴会をするのである。当然、主人が外出中だからやりたい放題。その様子を描いたのが「留守ごと」という文章である。舞台は、明治三十年代の大阪の下町だ。

実は、私は博多の二流の商家で育ったので、そのあたりのことはよく知っている。私の留守ごと体験は、すでに『魂の古代学――問いつづける折口信夫』（新潮社、二〇〇八）に書いてしまったので、その続稿というわけではないが、ここではこんな話を書こうと思う。

　年の瀬の「かけとり」という言葉を聞いたことがある読者はいるだろうか。「かけとり」すなわち、売り掛け金の回収のことである。つまり、年の瀬に、客にその年、多くは盆からの半季分なのだが、売り掛け金の残金を払ってもらうのである。井原西鶴の文章を読んだことのある人や、落語好きの人なら、年末の借金取りかぁーとすぐわかるはずである。

芸者さんのかけとり

私の家は、博多の呉服町で、衣料品の卸をやっていたのだが、大福帳を持って、かけとりにやって来る人びとのことを今でも覚えている。四十年ほど前は、まだまだ時間がゆったりと流れていて、「かけとりさん」の側が丁寧に暮れのあいさつを述べ、払う側も茶菓を出して、ひとしきり世間話をして、帰り際になってやっとお金を渡すという風であった。その際、おつりの一部をお小遣いとして子供にくれることがあるので、私などはかけとりさんが来るのを楽しみにしていた。

　そんなかけとりさんのなかには、芸者さんの花代うんぬんというものもあって、これがまた楽しかった。つまり、芸者衆たちが料亭の女将さんに引き連れられて年末のご挨拶に、なんと店までやって来るのである。それもなぜか、きまって父や祖父の不在の日に。すると、これまたなぜか祖母や母は、ご一行様を座敷に上げて、きまって上物の寿司やうな重でもてなすのであった。昭和四十年代の博多というのは、まだこんなところだったのだ。もちろん、お酒も出て、ちょっとした宴会になる。女たちだけの。

それも、まっ昼間からの。最近この年となって気付いたのだが、それは祖母や母たちの意地だったのかもしれない。

「芸者に妬《や》くごたるおなごは、博多のごりょんさん（女将）にゃ、務まらんとばい。」

つまり、芸者に嫉妬するような女では、博多の商家の女将は務まらないというのである。家の女たちとしては、歓待して気分よく芸者衆を帰して、逆にその度量の大きさを見せつけるのである。招かれた芸者衆も芸者衆で、仏壇にお参りもし、お歳暮をお供えもし、そして楽しく会話して帰っていくのであった。

女たちの仁義なき戦い

ただ帰りには、毎年と言っていいほど、たわいもない「ひともんちゃく」があった。それは、祖母たちが必ず商売物のハンカチやくつした、タビなどをおみやげとして渡すのであるが、芸者衆はそれは商売物だからお金を払いますと言い張るのである。もちろん、最後は無理矢理に渡して、帰すのだが、このやりとりが毎年のことで、小さい時には不思議に思ったものだ。芸者衆は、そんなことをすれば、棚卸の時に、主人にわかるからいけないというのである。商売物には、金を払う。これが今も昔も変わらぬルールなのだ。

もう一つ、毎年の押し問答の話を。祖母と母たちは、売り掛け金の全額をこの際払おうとするのだが、料亭の女将さんたちは、必ず全額の一部は残そうとするのである。この時の文句は決まっていた。「全額いただいてしまうと縁が切れます。残してやんなさらんな。」「少し残して下さい。それが種銭《たねせん》になりますけん」と言うのである。つまり、全額払ってしまうと、もう客が来なくなるかもしれないので、少しの金額の借りを残して下さいというのである。全額払うと商売の種がなくなるというのである。したがって、払わせてくれないのである。

　さて、芸者衆が帰っていくと判で押したように半時ほどして、祖父と父とが店に戻って来るのであった。何もなかったように、ふるまう祖母と母。そして、しばらくあって、まるで思い出したかのように、きまってこう言うのだった。

「今日はくさ、芸者衆が暮れのあいさつに来なはって、ごはんば食べて帰りなさったばい。」

　すると、祖父と父は、いつもきまり悪そうにこう言ったものだ。

「あぁー、そげんこつやったたか。あぁーよかった……。」

史上、最低の大蔵大臣は……

最大の厄日、十二月十三日の金曜日は、斯くしてあわただしく過ぎた。一夜を、國會大臣室にすごして官邸へ歸つたのは、朝六時であつた。女房は感心に寝にも就かず、風呂を沸かして待つていてくれた。

「お前ラジオを聞いたか」

「ききませんでした」

「オレは大臣をやめるよ」

「そうですか」

よく解らないのか、別に驚きもしなかつた。早速墨をすらして辭表をかくことにした。楷書で物の五枚も六枚もかくには相當ヒマもかかつた。——大藏大臣、經濟安定本部長官・物價廳長官・經濟調査廳長官と軒並みに辭職して、また衆議院議員もやめることにきめた。成る程忙しかつた筈だと、流石に多少の感慨はあつた。すべては槿花一朝の夢に過ぎない。

（「身躬らを斬る」泉山三六『トラ大臣になるまで』東方書院、一九五三）

史上最低の大蔵大臣

閣僚の不祥事があとをたたないが、私には半分同情する気持ちもある。というのは、この国では金と名誉を手にした者は、それを手にした瞬間から、ものすごい嫉妬と怨嗟の渦のなかに放り込まれるからである。ただ、今日紹介する大トラ大臣こと泉山三六（一八九六－一九八一）だけは、並みはずれた魅力のある人物であったとしても、弁護できない。

銀行家として栄進を重ねた泉山は、昭和二二（一九四七）年の第二十三回衆議院選挙に立候補して初当選。なんとその翌年、第二次吉田茂内閣の大蔵大臣に抜擢される。これは、破格のことだ。ただし、その当初から、酒にまつわるトラブルは懸念されていたらしい。昭和二三（一九四八）年十二月十三日のこと。当時は、国会の議員食堂でお酒が出されていたので、しこたま飲んで、衆議院の予算委員会に出席して、泥酔の醜態をさらしたあげく、女性議員に抱きついてキスをしようとする。そして、抵抗されるやいなや顎に噛み付く始末。ついには、意識不明となり、一時瞳孔が開いていたところから、国会はてんやわんやの大騒ぎ。たいへんな御仁なのである。泉山から見れば、最近、辞任した大臣など可愛いもんだ（ただし、そんなことを言うと時代が違うよと言われるかもしれないが）。

その大トラ大臣が書いた半生記が、本書なのである。よくもまぁ、こんな本をという気持ちもあったが、好奇心を抑えがたく、古本屋で見つけるとすぐに買ってしまった。

冒頭に引用した部分は、結果起き上がることもままならず国会の大蔵大臣室で一夜を過ごしてしまった泉山が、自宅に帰ったところである。こんな時、夫人は、どのように夫を迎えるのか。そりゃ、寝ることなどできまい。なんとシンプルな会話なんだろう。いや、でも、こんな時の会話はシンプルなほうがよい。シンプルに済ますのが夫婦の間の礼儀とでも言うべきものかもしれない。笑ってしまうのは、

「ラジオ聞いたか」と聞かれた妻が、「ききませんでした」と言ったところ。「大臣をやめるよ」と言っても、「そうですか」としか言わないところである。妻は、すべてを知っているがゆえに、一切を問わない。夫も妻が一切を知っていると思うがゆえに、説明をしないのである。「よく解らないのか、別に驚きもしなかつた」などというのは、夫婦の機微を他人に知られたくないためのけんまくであり、テレであろう。

つめ腹を切らせる人びと

しかし、時の政権にとっては、大打撃である。当然、野党は審議拒否である。もちろん、トラ大臣には辞めてもらわなくてはならない。翌朝、首相の吉田のもとには、続々と政権の幹部たちが集って来る。さて、吉田との間でどのような会話が交わされたのか。

朝風呂を浴びて、軽い食事をとつて、八時ごろ目黒の公邸に吉田さんを訪ねた。益谷、林の兩君は心配して、先に來て待ち構えていた。暫く待たされてから私は總理とお會いした。二人だけであつた。總理は、先ず「體はどうもないか」と優しく尋ねてくれた。――例の瞳孔が開いたことを聞かされていたからかも知れぬ――私は心から罪を謝して、鄭重に件の辭表を差出した。

「辭表など出す馬鹿があるか」

總理のこの一言は、私にはまことに意外であつた。しかし私はこの御一言に、眼がしらの熱くなるのをどうすることも出來なかつた。それでも私は言った。

「そんな譯には參りません、どうしてもやめさして下さい」

ここは、首相が子分に対して、度量を示したところだろう。でも、そう言われたからといってどうな来る。

るわけでもない。ここで、泉山が辞めたくないと粘ることを心配した腹心の林讓治と佐藤榮作が入って

斯うして二人の間は言葉少なに稍重苦しい空氣の中に、不圖、林讓治、佐藤榮作の兩君が入つて來た。恐らく私がねばつて頑張りやせぬかと、心配しての御入來のようであつた。机の上には立派に、私の辭表がのせてあつたので、これを見て安心した様子でもあつた。辞表を見た二人は安心したようだったが、ここでの会話の機微がおもしろい。

暫時、四人で雜談を交しているうちに、總理は、何かを想い出したように言った。

「そう言えば泉山君のアトはどうしようかネ」

この一言で私の解任が定つた。そして大藏大臣代理には大屋商工大臣、安本長官代理には周東農林大臣と定つて、我々は總理公邸を辭した。

吉田のセリフは秀逸である。以心伝心、悟らせる一言だ。だが、この泉山のすごさというか、懲りないところは、次のところだろう。大蔵大臣の官邸に戻った泉山は、記者たちから取材攻めにあう。その時のセリフが、やはり泉山だ。

「君達も餘りのむなよ」

ちなみに、この男、自分のスキャンダルをネタにして、自らをトラ大臣と称して、参議院の選挙に出馬。人気が出て、二度の当選を果たしている。

初恋の人に再会した！

春になった。

空には、白い雲が光って、羊の群れのように浮かんでいる。

山すその林が、うす緑になって深呼吸をしている。

そうして、みんなは、中学生になった。

校舎も、教室も、机も、黒板も、窓ガラスも、友だちの顔も、——何を見ても、新鮮な気持ちがするだろう。


なんでも新鮮に見える今のこの目を、大事にしていこう。

そうして、何かを発見するような目を、育てていこう。

泉から水がわく、あの新鮮さを、心に持ち続けたいものだ。


（「この新鮮な気持ちを」石森延男『中等新国語一』光村図書出版、一九七四）

中学校の時の国語の教科書

二〇〇九年の暮れのこと、光村図書出版の『飛ぶ教室』という雑誌から取材の依頼があった。光村図書出版といえば、小・中・高の国語の教科書で老舗の出版社だ。取材先で、編集部員の谷川真理さんに、私は恐る恐るこう切り出した。

「あのね。僕は、ミツムラの教科書で中学生の時国語を学んだんですよ。もう、三十七年前の教科書になるんだけど、社内に保存版はある？　もし、よければコピーしてくれないか。じつは、中学校に入った時に、最初に読んだ文章が印象的だったんだが、もう一度読み直してみたいんだよ。できる？　可能？」

と丁寧に、また縋《すが》るようにお願いしてみた。返事は、一言。「だったら、あると思います」というものであった。新鮮な気持ちを忘れないようにという文章だったと思うが、いかんせん筆者すらはっきりしない。

五日後、研究室にコピーが届いた。石森延男著『中等新国語一』（一九七四）だ。「あっ、あった。これだ」と声を上げた文章が、冒頭に掲げた文章である。私は、福岡市立筑紫ヶ丘中学校で、四月に北口先生というまだ新任、二ないし三年の若い先生から、この文章を習った。そして、今ふたたび十二歳の私が読んだ文章に再会することができたのである。なんと眩しいこと。「なんでも新鮮に見える今のこの目を、大事にしていこう」なんて、今の私には眩しすぎる。

私は現在国文学科で教鞭を執り、教え子たちを新任の教員として、中・高等学校に送り出している身なのだが、私はこの年のような「泉がわくあの新鮮な気持ち」を持ち続けているのか、と自問自答すると忸怩《じくじ》たる思いで胸がつまる。あぁ、今の俺はと。

ジュール・ルナール

この中学一年生向けの文章を書いたのは石森延男（一八九七‐一九八七）で、当時は児童文学、国語教育の第一人者であった。著書に名作『コタンの口笛』などがある。この文章は、当該の教科書のための書き下ろしで、今の新鮮な気持ちを忘れてほしくないと力説し、石森はこう言葉を継ぐ。

なんでも見慣れてしまってはおしまいだ。

「見慣れるなんて、そんなはずはないよ。」

こう言いたいところだろうが、なかなかそうはいかないものだ。

と言い、

時には、記憶にとどめ、

時には、想像の翼を伸ばして、ものを見るようにしよう。

と説く。その上で、突然ジュール・ルナール（一八六四‐一九一〇）の短文の訳文を、十二も引用しているのである。実は、この短文が、どう解釈してよいかわからぬ、奇妙なものばかりなのである。五つばかり引用してみると、

○ああ自然よ、キャベツ一つにしても、この美しさといったら。
○煙が残り惜しそうに離れていく屋根。
○でも、ひどい風だなあ。ほとんど水平に降る雨。
○よごれたゆりの花ほど、きたならしいものはない。
○枝の端が、飛び去る鳥を見送っている。

となる。前後の文脈がないので、何をどう読み、どんな意見を言ってよいかもわからない。今でも、

わからない。でも、若い北口先生は、とんちんかんな生徒の言葉をずっと聞き続けて、黒板に書き続けていった。ただ、それだけの授業だった。でも、この答えのない授業そのものが、じつに自由で新鮮で、今でも目に浮かぶ。でも、もし、私が今この短文で授業をしろと言われると、まったくお手上げだろう。

実験的教科書

実は、この教材は、現場ではすこぶる不評で、すぐに削除されたらしい。たしかに、教師側に立てば、何をどう教えてよいか、混乱するばかりだろう。でも、私はあの答えのでない授業が大好きだったのだ。ルナールは、『にんじん』や『博物誌』でフランスの有名な小説家・劇作家である。でも、いきなりこの短文を中一の四月にぶつけるのは冒険だったろう。中学生だった私は、その後、ルナールの『にんじん』『ぶどう畑のぶどう作り』『博物誌』は読んだと思う。それにしても、この短文は不思議な文だと今でも思う。あまりにも短かすぎるではないか。しかも、前後の繋がりもない。ずっと、この疑問を私は持ち続けていた。

ところが、この疑問が解ける日がやって来た。それも、いとも簡単に。大阪天王寺のお寿司屋さんで、俳優の浜畑賢吉さん、なら一〇〇年会館の吉川友子館長らと飲んでいる時のことだ。そこに、フランス文学者の奥本大三郎さんが、やって来た。このチャンスを逃してはなるものか。このルナールの短文について、聞いてみた。いったいあれは、どのような文なのですかと。すると奥本さんは、数秒の間すら置かず、答えた。

「はぁー、あれですか。あれは日本の俳句の影響です。当時は、日本ブームでしたから。」

こうして、私は積年の疑問を晴らすことができた。あまりにも、あっけない幕切れだったが。

ケンキチさん、そりゃたいへんでしたね

ワシが住んでいる長屋は、賭博と酒と喧嘩で毎晩賑やかだった。単に労働者だけなら他愛もないんだが、そこにはホノルルから博打うち、暴力団の親分だな、そいつが子分を十人ほど連れて来ている。そして昼間は土工作業員の真似ごとをしながら、夜は賭博を開帳して胴元をやってる。長屋の連中は賭博に負けたって、暴力を恐れて文句も言えない。

（中略）

ただでさえ女の少ない耕地だ。男三〇人に女は一人の割合しかいない。しかもほとんどが人妻。女だったら人妻だろうが、おばさんだろうがみんなちやほやされてもてるんだ。女のほうだって悪い気はせんだろう。だから耕地の中でも男女の問題は絶えなかった。

若い独身者は、亭主が仕事に出掛ける日に自分は休んで、カミさんに言い寄る。そうやって男が人妻と逃げたとか、別な奴は亭主に少しばかりの金を払って解決したとか、そんな話がいっぱいあった。どっちかというと、取って逃げたほうに同情が集まるほど、女っ気がなかったんだ。

（浜畑賢吉『ぼっけもん走る』日本放送出版協会、一九九五）

歴史というもの

世のなかに、歴史上名前を留める人なんて一握りだ。多くの人は無名のうちに死に、家族が死ねば世のなかから忘れさられる。ただし、勘違いをしてはならぬのは、歴史とは日々が堆積したものなので、有名人や偉人が作り出すものではない。したがって、豊臣秀吉と伊藤博文を語れば、歴史になるというわけではない。千人の人がいれば、千の歴史があると思わなければならない。では、歴史を作るものは何かと言えば、それは歴史を語ろうとする人の意思なのである。したがって、どんな無名の人にだって歴史というものがある。そして、語ろうとする人さえいれば、歴史が語られるのである。

そんな歴史上の無名人のひとりに、浜畑慶兵衛《はまはたけいべえ》という人物がいる。明治三十一（一八九八）年に薩摩に生まれた彼は、十九歳でメキシコに渡る。いわゆる移民だが、移民には二つの側面がある。本人が青雲の志を抱いて移民したという側面と、移民せざるを得なかったという側面である。しかし、その二つの側面は、貧困というキー・ワードの裏表なのである。この時期、多くの移民が南米やハワイに渡ったのであり、浜畑慶兵衛もそのひとりであったと言えよう。

大正六（一九一七）年と言えば、第一次世界大戦中。慶兵衛は、横浜からメキシコへ。そこでの生活は、映画の西部劇と大差ないもので、密出国、密入国でめでたくハワイへ。ところが、裸一貫から巨万の富を得るも……。もう、ここからは、読んでもらうしかない。キー・ワードだけを挙げると、強制送還・逃亡・女・金・スパイ。一方で、帰国後は政財界の大物と大仕事をするも、四十九歳でまた裸一貫に。引用の部分は、ハワイ時代に苦労していた時の話の一部である。

ちなみに、本の題名の「ぼっけもん」とは、向こう見ずな者、冒険をする人という薩摩方言である。簡単に言えば、「ばかもん」ということだが、愚鈍という意味ではなく、とてつもない行動力のために、人を困らせる馬鹿者であるという意味である。したがって、愛称に近いものであると言えよう。

著者と会う

私は、この『ぼっけもん走る』（日本放送出版協会）という本が大好きだったので、一度その著者に会って話がしたいものだとかねがね思っていた。著者は浜畑慶兵衛の子である、役者の浜畑賢吉さんである。浜畑さんと言えば、舞台・テレビ・ラジオで大活躍の役者さんだが、その父・慶兵衛は、太平洋を大暴れした人物といえども、今となっては無名の人物である。その父の足跡を辿ったのが、本書なのである。父を語ると言いながら、浜畑さんは、どこか自分探しをしているような本である。さて、本書の冒頭はこうだ。

「賢吉です」

と、まず私が手を差し出した。

「庄一です」

ややこもった声で照れたように手を出したのは、私の腹違いの兄RALF　SHOICHI　HAYASHIDAであった。一九七八（昭和五三）年正月六日、ところはハワイのホノルルにある『ハワイ報知』新聞社の一室。

浜畑慶兵衛がハワイ時代になした腹違いの兄弟の庄一さんと会うところである。偶然に偶然が重なっての、はじめての出会い。これも、歴史の一齣だろう。

父と母を語るということは、とりも直さず、自己を探求するということなのである。私が浜畑さんに会ってした最初の質問はこうだ。

「お父さんは、ずいぶん破天荒な人ですが、家族は大変だったでしょう。世のなかのスケールとは違うから。」

するとその浜畑さんは、しばらく考えたのち、こう答えた。

「そりゃ、ずいぶんとか、たいへんなんていうもんじゃありませんよ。まわりの者は、毎日宇宙がひっくり返る思いでした。でも、あんなに強烈な印象を残して去っていく俳優を見たことはありません。人生の千両役者でしょうか。生きていくエネルギーというものが、まったく違うという感じです。親父には、勝てません。」

「さも、ありなん！」

と私は思った。

小さな落胆、西東三鬼の場合

老支配人と私は、共通の友のため、鳩首協議した。条件が仲々むつかしい。
一、性質善良なること。
一、プロに非ざること。
一、若きこと。
一、長身なること。（白井氏はのっぽである）
一、而して美貌なること。
今ならミス日本に選出されそうな条件だが、なんとこれに適格の人物が、私の隣の台湾人基隆《キールン》氏の、その又隣にチャンといたのである。いたことはいた。しかしプロでない人に礼を失した申込みは出来ないではないか。彼女は、かつて喫茶店で働いていて、家族が多いのでホテルに下宿した。しかし今は、将来の職業を考えて、映写技師たらんとして目下見習中である。いかに遠来の友のためとはいえ、我等の提案によって今回の臨時アルバイトが定職と変じたならどうするか。——と私が言った。

老支配人答えて曰く「私がおねがいしてみましょう」かくして東京から飛来した白髪の友人は、

その夜凍った身体が暖まったのである。

（「神戸」西東三鬼『神戸・続神戸・俳愚伝』講談社、二〇〇〇）

西東三鬼の神戸時代

西東三鬼（一九〇〇－一九六二）と言えば、伝統俳句にはない不思議な世界を詠む俳人として有名である。私はなんとも言えない三鬼の俳句のファンだし、エッセイもまたよい。そのなかに、「神戸」という自らの戦時中の生活を綴った文章がある。彼は自ら「ハキダメホテル」と称するいわば管理人つき安アパートに住んでいたのだが、そこの住人は皆わけありで、色を売る商売人の女たちも多かった。そんなあれやこれやの人柄模様を描いたのが、「神戸」「続神戸」で、戦時中の港街の雰囲気のようなものがよく描かれた珠玉の小品だ。

その「ハキダメホテル」に、旧知の友人、白井という男がふらりと現れる。その白井と、パパさんと呼ばれている支配人は、偶然にも東京築地の小学校で同級生どうしであった。四十五歳の白井が、戦時中交通事情の悪いなか、わざわざ東京からやって来たのには、わけがあった。このホテルには、わけありの女性も多く、アバンチュールを楽しみたいのだ。といっても、白井は憐むべき独身。三鬼と支配人は、なんとか白井の思いを遂げさせてやろうと頭をひねる部分がここなのである。白井は、神戸来訪の目的が、若い女性との甘美な夜を過ごすことであるにもかかわらず、二人に女の紹介を依頼することはない。白井のプライドがけっしてそれを許さないのだ。しかし、白井の思いを察知した支配人と私こと三鬼は、紹介する女性をあれやこれやと考える。白井も白井で、まんざらでもなさそうだ。

こうして、白井は神戸で積年の思いを達することになる。

おもしろうてやがてかなしき

ところが、不思議なもので、かの女性が支配人の依頼をあっさりと受諾して、一夜を共にしてしまうと、なんとも言えないさびしさが三鬼の心を過ることになる。実は、三鬼はその女性に英語を個人教授していたのだ。

私は彼女が、同宿の姐御達とちがって、そういう失礼な申込みを受諾するとは思わなかった。彼女は当時御禁制の英語を私に習っていたのだが、礼儀も正しいし、頭も良かった。「条件」に適う美貌でもあった。私は彼女が白井氏接待の任に当ると聞いて、心中に冷たい風が一吹きした事を告白せねばなるまい。それは明らかに失望であると同時に、誇張していえば、泥中の蓮が吹き散る無惨に心痛んだのでもある。

ただ、彼女が、さしたる収入もないのに、ホテル住いをしている事に、かすかな疑問があった。支配人が、大して懸念もなく「おねがい」出来たのは、後で判ったのだが、彼女の方から「紳士」に限り、常々、接待の求めに応じることを、老支配人に申し出てであったのである。そして白井氏が初めての「紳士」ではなかった。

私の「蓮散る痛心」は無用であったが、失望の方はいつまでも残った。

ここは、いわくいいがたい名文。「接待」「泥中の蓮が吹き散る無惨」「かすかな疑問」「紳士」とは、なんとも意味深長で味のある言い回しだ。つまり、プロでないと思っていた女性が、じつはセミプロだったのである。そう気付いた時の落胆が、妙味ある文体となっていて、俳人の文になっている。ただし、この話にはオチがつく。

白井氏はその翌朝、当然だが夜が明けたような顔をしていた。妻もなく子もないこの自由人は、この娘さんが大層気に入って、有金そっくり老支配人を通じて娘さんに贈った由である。彼女はそれを貯金した。そしてその日もいそいそと、映画技師見習の仕事に出掛けて行った。

というものであった。さて、この女性をめぐっては、さらに奇譚が続くのだが、そのあたりは、読んでのお楽しみ。

長崎ホテルの銀食器

リンガー没後、まず会社は日露戦争以来、長崎の経済不況で破産を余儀なくされたナガサキ・ホテルを放棄することを決定した。このタイミングから、リンガーは自分の命と最愛のホテルを運命共同体と考えていて、従業員が彼の思いを忠実に実現したと考えられる。ホテル開業のために、わくわくしながら準備を整えていた明治三一年（一八九八）から、ちょうど一〇年が過ぎた明治四一年（一九〇八）初め、役員や監査役が清算計画、建物売却と財産処理のために話し合いを重ねた。そして二月一日公式に発表されたホテルの閉鎖は、その後すべての宿泊客がチェックアウトした時点で現実のものとなった。清算人は、豊富に貯蔵されたワインやアルコール飲料は比較的容易に処理できたが、高価な銀食器についてはすべてのスプーンやフォークにいたるまで「NH」の文字が刻まれていたために頭痛の種となっていたが、古都奈良を訪れる外国人の増加に伴い開館したばかりの奈良ホテル（NH）が購入することになったのは幸運であった。

（ブライアン・バークガフニ著、山内素子訳『霧笛の長崎居留地――ウォーカー兄弟と海運日本の黎明』昭和堂、二〇〇六）

私はあわてていました

二〇〇八年の九月、私は、奈良ホテルの矢吹靜社長（当時）に、早口でまくしたてるようにして電話をかけた。

「あのですね。そちらのホテルにですね。『NH』というマークの入ったですね。銀の食器があると思うんですが……。それは、まだありますか。」

矢吹社長は面食らった様子で、

「調べることは調べますが、またどうしてそんなことに関心があるのですか？」

たしかに私は、冷静さを欠いていた。数日後、私は矢吹さんと会食をすることとし、NHK奈良局の秋山茂樹局長を誘って三人で、奈良ホテルで食事をした。

話は、こうなのだ。私の祖父・縁助《えんすけ》が若いころ、博多であるしけた感じの洋食屋に入ったところ、おそろしく立派な銀食器で、料理が出てきた（推定するに大正の初年）。店には全くもって不釣り合い。聞いてみると、この店のおやじは、もと長崎ホテルのボーイだったという。ところが、将来、料理人になろうとして、ひまのある時は、コックに料理を習っていたというのである。その長崎ホテルというのは、当時は、長崎一番の洋館で、毎夜舞踏会が開かれていたというのである。ところが、ホテルは明治四十一（一九〇八）年に閉館。その時にコックから一セットだけ食器をもらったのだという（正しくは、バクチでまきあげたということらしいが、それでも横流しだろう？）。その銀食器には、長崎ホテルにちなんでNHの文字が刻まれていたのである。祖父にとっては、それが生まれてはじめて見たアルファベットなので、よく覚えていて、私たちによく語っていたのだ。なぜそんなことを語っていたかというと、この時アルファベットを知った祖父は、自分の商店のマークを、菱形のなかにAを書いたものに変えたからである。この元長崎ホテルのボーイさんに、「いろは」の「い」にあたるアルファベットの文字を教えてもらったそうだ。ために、なぜか会社の名は、「上野合名」なのに、マークは菱形の真ん中にAなのだ。菱形は、我が家の家紋「丸に三階菱」にちなんでいる。

長崎夢物語

では、私はなぜあわてて奈良ホテルに電話をしたのか？　なぜならば、この長崎ホテルについて書いた書物に巡り合ったのである。『霧笛の長崎居留地――ウォーカー兄弟と海運日本の黎明』という書物である。この本は、長崎の外国人居留地にいた人びとと彼らの家の歴史を丁寧に調べた本だ。

坂本龍馬を助けたトーマス・グラバー商会と並び称せられるホーム・リンガー商会。リンガーは、イギリスのノーフォークに生まれ、青雲の志を抱いて中国に渡り、広東でグラバーに誘われて来日。長崎において、手広く商売をしていた英国商人である。かのリンガー一族は、ホテル経営に乗り出していたのである。しかし、その主・フレデリック・リンガー（一八三八‐一九〇七）が亡くなると、リンガー一族が経営していた長崎ホテルが閉鎖されることになったのである。そのホテルの食器の一部がいわゆる横流し品となって、博多のしけた洋食屋に流れ着き、祖父はそれを見たのだった。ということは、祖父が見たのと同じ食器を、なんと奈良ホテルで見ることができるかもしれない。期待は膨らんだ。でも、話はそんなに甘くなかった。矢吹社長は、私を落胆させないようにではあるが報告してくれた。

「たぶん、戦時中に供出したのか、NHという銘のあるものはないのですよ。でも、気落ちしないで下さい。古い職員に聞きますから。」

と調査の結果を伝えてくれた。私が気落ちしたのは、言うまでもない。

上海フランス租界の紅茶の味

上海の日本婦人倶楽部に、招待を受けた事がある。場所は確か仏蘭西租界の、松本夫人の邸宅だった。白い布をかけた円卓子《まるテエブル》。その上のシネラリアの鉢、紅茶と菓子とサンドウィッチと。——卓子《テエブル》を囲んだ奥さん達は、私が予想していたよりも、皆温良貞淑そうだった。私はそう云う奥さん達と、小説や戯曲の話をした。すると或奥さんが、こう私に話しかけた。

「今月中央公論に御出しになった『鴉』と云う小説は、大へん面白うございました。」

「いえ、あれは悪作です。」

私は謙遜な返事をしながら、「鴉」の作者宇野浩二に、この問答を聞かせてやりたいと思った。

(芥川龍之介『上海游記・江南游記』講談社、二〇〇一。初出『支那游記』改造社、一九二五)

サービス精神が裏目に出ることもある

とある講演会の会場、私が登壇を待っていると、えんえんと講師の紹介が続いている。この紹介者はたいそうまじめな人で、私のプロフィールだけではなく、私の著書を読んだ感想までを語るものだから、すでに十分は経過しているのに、紹介が終わらないのである。私は、「これだから、田舎の講演会はいやなんだ」と心中思ったが、口にすることもできない。ふと気がつくと、すでに十五分経っているではないか。私の持ち時間は六十分しかないのに。でも、誰も止められそうにないのだ。ようやく二十分に掛かるところで紹介が終わったが、会場の雰囲気は、もうどん底だ。なんとかしなくては！　そこで私はこう講演を切り出した。

ただ今、丁寧なご紹介をいただき恐縮いたしております。ただ、困りましたことに、私が本日お話ししようとしておりました内容につきましては、すべて紹介者がお話しになりましたので、話すことがなくなってしまいました。したがいまして、本日はこれにて失礼いたします。

こうして、私が四、五歩壇を下りると、会場は騒然。司会者は「先生、上野先生」と呼びかける。そこで私は、「……と、思いましたが、何か話をしましょうか」と再び登壇し、話し始めると、今度は「やんや」の喝采となった。いたずら好きの私は、こんな芝居をよくする。しかし、相手に悪気はまったくないのである。

さて、講演が終わって旅館に着いてひと風呂浴びて、食事がはじまると、バツの悪そうなあの講師紹介者が来ていた。どうも、お酌をしたいらしいのだ。が、しかし。私はすごい下戸。丁重にお断りしたが、私のお膳の側を離れてくれないのだ。ともに食事をするならまだしも、食事中に横に人がいるのはなんとも間の悪いものだ。私も困って、その旨を告げて退散してもらったのだが、十二時近くになって「お夜食を……」と室にお出ましになるではないか。仕事がありますからと言って、夜食のみを受け取って帰っていただいたのは、言うまでもない。

しかし、翌日その理由がわかった。彼は、その旅館の主人だったのだ。えっ、そうだったのと笑ってしまった。しかも、ご当地の商工会の会頭にして、文化協会の副理事長。どうも、私を呼んでくれたのも、その人らしい。しかし、そうべったりされては、気も休まらないではないか。

さて、翌朝、出発の折りのこと、この旅館の主人は、先生の本にサインをお願いします、と言ってきた。見ると、苦笑したのは、なんとその本は私と同姓同名の競馬評論家の著書であった。そこで、私は一計を案じた。「わかりました」と言って筆を取ると、本にこうサインをした。

この本は、私の著作ではありませぬが、同姓同名の縁を持って、ここにサインをいたします

うえの　まこと

もう、こんな経験をすることはないだろう。

芥川龍之介の上海旅行

大正一〇（一九二二）年、二十九歳の芥川龍之介は、三月末から中国旅行の旅路についた。ところが上海に到着すると、乾性助膜炎を患ってしまう。約三週間ほど当地の里見病院に入院して、回復を待ち、上海、江南、長江、廬山、武漢、洞庭湖、長沙、北京と大旅行をして、朝鮮を経て、七月に帰国した。同年八月十七日から「上海游記」を「大阪毎日新聞」に連載し、九月十二日をもって完結したのであった。

「上海游記」は、その旅行の折の一文で、私は、冒頭に、芥川らしい皮肉っぽい文章を掲げておいた。フランス租界といえば、虹口《ホンキュウ》の日本人租界とは違い、ヨーロッパの香り漂う街。「シネラリアの鉢」「紅茶」「サンドウィッチ」は、大正時代の人びとにとっては、どんなにおしゃれなものだったか。もちろん、松本夫人は、教養ある夫人であり、その接遇も、そつのないものであったろう。なにせ、日本婦人

倶楽部のご招待である。

するとその席にいたある夫人が……という話である。たぶん、この夫人は教養のある人物であるという自己演出をして話しかけてきたのであろう。しかし、得てしてそういう時にかぎって、人は失敗をしてしまうものなのである。

ちなみに、かの講師紹介者の旅館の宿泊代はタダであったことを申し添えておく。

光の泉に出逢う旅

荒廃した仄《ほの》暗い金堂の須弥壇《しゅみだん》上に、結跏趺坐《けっかふざ》する堂々八尺四寸の金銅坐像であるが、私は何よりもまずその艶々《つやつや》した深い光沢に驚く。千二百年の歳月にも拘らず、たったいま降誕したばかりのような生々した光りに輝いているのである。何処からこの光りが出てくるのであろう。あたかも漆黒の体軀の底に光りの泉があって、絶え間なく滾々《こんこん》とあふれ出てくるように思える。そして再び重厚な体内に吸いこまれ、不断に循環しながら、云わば光りの柔軟なメロデーを奏《かな》でているようだ。この循環のメロデーがそのまま仏体の曲線であり、また仏心の動きをも示しているといえないであろうか。飛鳥仏の口辺にみられた微笑は消え去っているが、その代り全身が微笑しているといった感じである。

（「薬師寺」亀井勝一郎『大和古寺風物誌』新潮社、一九五三）

挫折したマルクスボーイの「大和巡礼記」

亀井勝一郎（一九〇七－一九六六）は、小林秀雄と並び称される昭和を代表する評論家である。北海道函館市元町に生まれ、東京帝国大学文学部美学科に入学、文学青年だったが、当時流行のマルクスボーイとなる。この時代、社会の矛盾を解決するのは共産主義だと考え、多くの若者たちの心をマルキシズムがとらえていたのである。亀井もそのひとりだった。昭和三（一九二八）年大学を中退。四月治安維持法違反の容疑で検挙され、収監。昭和五（一九三〇）年に喀血して、市ヶ谷刑務所病監に移送後、非合法的政治活動から転向して、出獄している。いわゆる転向組である。彼は、逮捕をきっかけに、いわゆる足ぬけをしたのであるが、青年のこころには大きな傷が残ったはずである。そんな亀井は転向後、美と宗教の世界に心惹かれていった。ことに、奈良と聖徳太子に、無限の恋慕の情を表した文章を書いた。それは、当時の読者に大きな支持を得ることとなる。

『大和古寺風物誌』の初版は、昭和十八（一九四三）年四月、天理時報社刊。その内容は、昭和十二（一九三七）年秋から昭和十七（一九四二）年までの六年間の「大和巡礼記」と言ってよい。ないしは、大和の美の発見記と言えるかもしれない。亀井には、もっと力を込めて書いた文章もあるのだが、今日『大和古寺風物誌』は、彼の代表作となっている。政治活動に敗れ、傷つきやすい青年のこころを癒したのは、大和の仏たち、古建築、そしてやさしい風土だったのかもしれない。本書には、歴史の美に接して圧倒された一知識人の畏れと敬いのこころが、包み隠すことなく……告白されている。亀井が信仰を告白したのは、ひとつの仏教宗派でも、仏でもない。奈良・大和の歴史全体に対してであろう。彼は、奈良・大和の地で、自分も長い歴史のなかではひとつの点でしかないことを悟ったのであった。

今回取り上げるのは、奈良・西の京、薬師寺の本尊薬師如来について書いた部分である。たぶん、この文章を読んだ人は、薬師三尊像の写真を見たくなるかもしれないが、私は次のように断言する。やはり、写真は、写真でしかないと。亀井が描いた泉のごとき光は、あの三尊に相見え、合掌しなくては出逢うことができない。ことに「千二百年の歳月にも拘らず、たったいま降誕したばかりのような生々した光りに輝いているのである。何処からこの光りが出てくるのであろう。あたかも漆黒の体軀の底に光りの泉があって、絶え間なく滾々《こんこん》とあふれ出てくるように思える」という部分は、薬師三尊像の放つ光についてすべてを述べきった名文だと思う。

まずは『大和古寺風物誌』を

奈良への旅は、京都への旅とは違う。奈良を楽しく旅するには、本を読む必要がある。京都は、見て美しく、食べておいしい街だが、奈良の旅は知識が必要だ。平城宮跡といっても野っ原だし、『万葉集』を知らない人には「天の香具山」も、さえない小山だ。ところが、一冊でも、本を読んで奈良を旅すると、ドブ川も野っ原も小山も、由緒あるものに見えてくる。

私は、奈良を歩き、古代の文化について考えてみたいという人には、まず亀井勝一郎の『大和古寺風物誌』を薦めることにしている。もちろん、和辻哲郎の『古寺巡礼』や、町田甲一の『大和古寺巡歴』もよいのだが、私ははじめに亀井の『大和古寺風物誌』を薦める。理由は二つある。ひとつは、わかりやすいこと。もうひとつは、亀井の文体と古都の景がよくなじんだいわば「名品」となっているからだ。つまり、個別の内容うんぬんではなく、ひとつの作品としての完成度が高い本なのである。だから、平成の大人に読んでほしいのである。昭和を代表する知識人の見た奈良を、あの才をやや押さえた屈折した文体で読んでほしい。これが挫折も知った大人の文体で、その味わいは深煎りのコーヒーにも似て、苦味のなかにほのかな甘みがある。

森繁久弥の酒

ついでながら、せっかく興が乗ったので、我が〝酒讃〟をひとくさり聞いていただこう。酒のみというやつは、ヒネた童児と思っていただけばいいのである。

人間は瞬時にして、今の自分を別の自分に置き変えたい欲望をもっているので、これが杯を手にする動機となるのである。

故に、酒が五臓六腑に沁みわたると、メルヘンの中に自分を発見する、つまりアヘン患者と同列の人種と思って貰えば間違いない。

その変る瞬間は、どこと云われると本人は困るのだが、何せ、自由を求めて、どこか心の鎖を断ち切るのだから、その時は何とも云えぬほどいいに違いない。しかも太い鎖ほど、或いは何本も切るほど、酔いは上乗である。

だから、酒は貧しい時ほど美味《うま》く、金持になるほどまずくなる。


（「哀しきは酔中のメルヘン」森繁久彌『森繁自伝』中央公論社、一九七七）

文章の達人、放蕩の人

往年のスター・俳優で筆が立つ人といえば、かつては古川ロッパ（一九〇三－一九六一）そして、池部良（一九一八－二〇一〇）か。でも、この人を忘れてはいけないだろう。やはり、モリシゲ（森繁久彌《もりしげひさや》・一九一三－二〇〇九）である。モリシゲの演技は、天衣無縫に見えて、台本の深い読解に基づく緻密なものである。が、しかし。それが、けっして予定調和にならないところがすごいところで、常にモリシゲの味を出す人だったと思う。じつは、モリシゲの文章もしかり。とにかく、話がどうころがるか、まったく予想できない展開になっていて、けっして飽きさせないのである。が、しかし。エッセイとしての帳尻は、最後にはしっかりあっているから不思議だ。

今では、モリシゲが満州でNHKのアナウンサーをしていたことを知る人も少なくなったが、戦中から戦後まもなくの放蕩ぶりについては、本人が楽しんで文章にしている部分もある。それに、この時代について書いたモリシゲのエッセイは、貴重な歴史の証言で、私は何度読んでも、唸ってしまう。

さて、放蕩時代のモリシゲもご多分に漏れず、いわゆるポン中だった。

　しかし、酒がなければとうに死んでいたろう。いよいよ酒が無いときは、骨がくさるというヒロポンも自分で腕にさした私だ。そして出来ることなら頭蓋骨からさきにくさってほしいとも思った。人間の弱さに耐えられれぬやり切れなさがこみあげて来て、心も身体もくされはてれば好都合と、手当たり次第に金を借り、酒に変えて流し込んだのだ。

とある。当時は合法薬物だったとはいえ、ヒロポンで中毒になって、身を持ち崩した人は多い。太宰治（一九〇九－一九四八）のヒロポン中毒については、井伏鱒二（一八九八－一九九三）に回顧録があり、あまりにも有名である。

モリシゲのおもしろいところは、いっそのこと頭から腐れば、苦しまなくて済むと毒を吐いているところである。そして、酒。若い時には、ずいぶん無茶な飲み方をしたようだ。このあたりのことについては、明治大学の大久間喜一郎名誉教授から洩れ受け賜わったことがある。

モリシゲの語る酒の味

そのモリシゲの語る酒の味とは、どんなものなのであろうか。モリシゲは、酒飲みとは、大人にして子供。しかも、変身願望のある子供と言っている。つまり、酒を飲むことによって、一瞬自由になって変身できるというのである。が、しかし。それは束の間の逃避でしかない。ために、太い鎖に繋がれている者ほど、酒はその効果（現実逃避の力か）をよく発揮するというのである。人を繋ぐ鎖で、もっとも重きものは、金。だから、貧乏人ほど、酒は美味いというのである。なるほど、と思わせる含蓄である。金がないのに酒を飲む。金がないのに酒を飲むから、借金を作る。するとまた人生の鎖が太くなる。するとまたお酒が美味しくなる、という連鎖があるのである。

実は、私は一日に三升は飲む。飲兵衛である。と言いたいところだが、実はまったく飲めない。たぶん、アルコール分解酵素ゼロなのである。ただし、酒の場は大好きだし、酒飲みも大歓迎。たぶん、酒場で私よりテンションの高い人はいないだろう。座持ちも、宴会芸も天下一品！　でも、飲めない。

しかし、これまで困ったことが二回あった。ひとつは、若き日に泥酔した元恋人から、衆人環視のなか罵倒されたこと（しかも、お気に入りの無国籍料理屋。もう、悔しくて、悔しくて）。もうひとつは、ほろ酔いの人妻からお誘いを受けた時のこと。しかも、驚くほどの美人。どちらも、シラフでは、どうすることもできず、泡を食っただけだった。あぁー、酒が飲めたら……と思う。ちなみに、モリシゲは、複数の証言によると、酒を飲むと口説く、口説き酒だったらしい。それが、この文章にも表れている。

　飲むほどに不思議や背中あたりに翼が生え始め、これがとてつもなく大きくなって魂は宙に浮き始めるのである。つまりペガサスになるのである。フト見ると己が一物はハムの如く雄渾なものとなり、馬になったことを意識する。そして、千万人と雖《いえど》も我れ往かむと奔馬となりてきらめく星の中を走っていることに気がつくのである。

ここが、モリシゲ節のおもしろいところで、猥談もまた絶品である。

流れる星は生きているか？

昭和二十一年九月十二日。

私の第二の人生はこの日から始まったように澄みきった気持で下船を待っていた。タラップが下ろされた。人が動き出す。

日本の大地の端はすぐそこに白いコンクリートとなって光っている。

初めて踏んだ日本の土は私の足の裏に痛かった。倉庫から倉庫へとぐるぐる廻しにされて、何が何だか分らないうちに私たちは松原寮へ向って波止場の柵を越えた。そこには初めて見る日本の姿があった。

「お母さん、日本人の女の人が歩いているよ！」

正広が大きな声で叫んだ。着物を着た女の人がちゃんと丸帯まで締めて歩いていた。私は正広と同じように不思議な思いがした。戦争に負けた日本の女は皆私たちのようにみじめな姿でいると思っていたからであった。私も日本の女であるしすぐ前をリュックをかついで歩いている娘さんも日本人であるけれども、正広の見た日本人の女とは別人のようにきたない引揚者であった。足袋はだしで歩いている私たちの姿を今さらのように振り返って、

〈ああみじめな姿だな〉と思った。

（藤原てい『流れる星は生きている』中央公論社、一九七六）

私の故郷の博多では

四十八歳にして昔話。こんなことを言うと不思議に思われるかもしれないが、昭和四十年代の博多には、まだ戦後を引きずっているところがあった。町の一部に、引き揚げ者住宅が残っていて、その立ち退きの話がその地域の問題になっていたからである。しかし、当時は、町の人びとは、引き揚げ者にきわめて同情的であった、と思う。戦争に行き、シベリアで抑留された人や、いわゆる「外地」に転居したはよいが全財産を失って帰国した人びとに対して、同情の念ばかりでなく、それなりの敬意を持っていたと思うのである。

その引き揚げ者の仮住まいとなっていた住宅地を、その後、次々と自治体は都市公園にしていったので、私などは博多に帰省して、いくつかの公園を見るたびに、バラックが並んでいた時分のことを思い出す。

あえて名前は秘すが、戦後、博多港にようやくたどり着き、現在の北朝鮮地域で覚えた冷麺や、中国東北部いわゆる満洲で覚えたギョウザの味を売り物にして開店した飲食店も、博多には多かったのである。いわゆる「本場もん」だ。その一部の店は、今でもしぶとく生き残っている。二代目、三代目かもしれないけれど……。

私も両親に、よくそういう店に連れて行ってもらったのだが、父母は私にこう必ず諭していた。店では、戦争の話を一切してはいけないよ。引き揚げて来る時にいろいろなことがあったんだろうからね。

私はあまり賢い子ではなかったが、父母の言い方で、それなりのことは察していた。引き揚げ者の多くは、「外地」で幼い子供を亡くすなどのこともあり、また故郷を離れて引き揚げ港の博多で冷麺の店やギョウザの店を開業したということは、いろいろなわけありなのだから、そういうことに一切触れてはならない、と言うのである。

聞かないやさしさだってある

一方で、心ない噂も、町には満ち満ちていた。あの店の女将さんは、上海で女郎屋をやっていたとか。さらには、書くのもはばかられるようなことなどなど。しかし、そのまた一方で、そういう引き揚げて来た人びとの困窮を察し、支援の手を差し伸べる人も多かった。時効だと思うから言うが、就職試験でも、引き揚げ者に対する加点もあったのである。

また、人づきあいでは、礼儀としては、過去には触れないということが浸透していた、と思う。支援を受ける人びとにだって、話したくないことはあるわけで、そのあたりのことはよく互いにわかっていたと思う。聞かず、語らずということである。そういう町の人びとの心遣いもあって、引き揚げ者住宅が、昭和四十年代まで存続していたのである。

流れる星は生きている

後年、藤原ていの『流れる星は生きている』を読んで、私は引き揚げ者の家族の苦難をあらためて知ることとなった。藤原てい（一九一八-）は、新田次郎（一九一二-一九八〇）の妻であり、藤原正彦（一九四三-）の母である。旧・満洲の旧・新京（現・長春）の気象台に勤務していた夫と離ればなれになりながらも、一家四人が新京から朝鮮半島を歩いて釜山に辿り着き、博多に引き揚げる話である。ここに出てくる正広とは、正彦の兄のことである。藤原正彦の原体験も、実はここにあるのだ。人が極限状態に置かれた時、いったいどういう品格ある態度がとれるのかということについて、藤原は常に考えていたのではないか。

後日譚

とある午後、これまたとある市の市長御自ら研究室に電話があった。私も大学の職員もあわてたが、ある市の日本遺族会の講演の依頼であった。聞けば、靖国神社の問題以来、講演を依頼しても断る人が多く、市長が直接電話しているとのこと。こういうところで講演すると保守派と思われるので、断られることが多いそうだ。実は私もお断りするつもりであった。やはり、色がつくのはいやだ。でも、この時は三日間考えて、この講演を引き受けた。それはなぜか。電話のかかって来る三か月前に『流れる星は生きている』を読んでいたからである。そして、講演に行ってよかったと思っている。私なりに、戦没者のご遺族に敬意を表することができたからである。

今、なぜ「古典」か？

「ねえ道ちゃん、ママと一緒に『万葉集』読みましょうか。それから――もし道ちゃん、したかったら、パパとママでいい先生、そのうちにさがして上げるから、四書五経でも読んでみる？」私は叫んでいた、ああママ！　ああママ！　歓喜のやり場がなくなって私は母の小さな身体にやみくもに飛びついて行った。その私を袖の中に抱えこみながら、母は思いなしか感動のこもる声で、「道ちゃん、ママはね、あなたがそういう方面に行く子だと思うの。（そういう方面とはどういう方面なのか呑みこめなかったが、黙って聞いていた。歓喜と感謝が私をとうに涙ぐませていたからである）いろんなことが起るけれどママは必ずいつか、必ずいつか――道ちゃんを留学させて上げるからね。（ふいと笑って、）密航なんかしなくていいの。英国か、アメリカの大学に、ね。それまであなた、英語はひとりでなさい。でもね、外国に行くのなら、日本のことはよけい知ってなくちゃいけないの。西洋に行くのなら、東洋のことはまず知ってなくちゃいけないの。日本の本も沢山読まなきゃいけないの。万葉とか古今とか源氏とか平家とか、ね。古事記もね。無理にとは言わないけれど、よかったらぽつぽつ勉強してみる？」

（犬養道子『ある歴史の娘』中央公論社、一九八〇）

よくグローバル化というけれど……

よく「グローバリズム」は、世界標準化などと言う人がいるが、私はその一側面しか、言い当てていないと思う。国や民族、地域の壁がなくなれば、なくなっていくほど、その個性というものが重要になっていくからだ。例えば、オリンピックを例にとってみよう。各競技は、世界統一ルールで行なわれるから、柔道も今や「Ｊｕｄｏ」だ。もはや「Ｊｕｄｏ」は、日本固有のスポーツではない。オリンピックでは、日本の選手だけに適用されるルールなど存在しない。

が、しかし。開会式や、開幕式を見てほしい。あれは、民族文化や地域文化の祭典だ。民族衣装で、それぞれの国や民族、地域を互いに主張し合っている。したがって、何もかもがひとつの流れで進むと思うのは大間違いだ。グローバル化は、国や民族、地域の個性を競い合い、磨き合う時代でもあるのだ。グローバル化といっても、地域の連合体に過ぎないのでは？

『ある歴史の娘』から

五・一五事件で暗殺された犬養毅（一八五五－一九三二）の孫で、作家・評論家として国際的に活躍している犬養道子（一九二一－）の自伝的小説に『ある歴史の娘』という作品がある。私は、道子の父、犬養健（一八九六－一九六〇）の小説の愛読者でもあるのだが、健と道子父娘の文章を重ね合わせて読むと、あらためて昭和という時代のうねりのようなものを感じてしまう。そして、思うのは歴史は人が作るものでありながら、どうも個人の意志では制御できないということである。

若い時には洋行に出たいもの。はやる道子の心に、道子の母の仲子は、引用した部分のように語ったのである。引用した部分は、いつも古典の教師として、胸に置いている言葉だ。私は四月が巡って来て新入生を迎えると、いつもこの言葉を思い出し、新入生たちに語る。「まず、自らの足元を確かなものにする、すなわち『脚下照顧』という意味で、万葉集を読みましょう。たとえ、読んで退屈とわかったとしても、それは読んだから、退屈でおもしろくないということがわかるわけですよね。けっして、読んだからといって、それが何になると言うわけではありません。しかし、自分たちの言語や文化に無関心だということは、いちばん身近にある世界を知らない。いちばん身近な世界に無知だということになるのです。留学を前に、犬養道子の母は、こう言ったそうですよ。それは……」と。

留学経験者の言葉

外国に留学して帰国した学生が、研究室に戻って来ると異口同音に言うことがある。「私たち、日本のことをまったく知らないということに気付きました。質問されても、何にも答えられないんですよ」という言葉である。そして、彼らのほとんどは、外国の優れている点を学んで来ると同時に、日本のよい点を知って帰って来る。

だから、私は海外から日本にやって来る外国人留学生には、最初にこんな話をする。「皆さんが、自分の国のよいところに気付きはじめたら、留学は半分成功したようなものです。かの文豪・魯迅先生は、日本に来て、日本に学び、そしてより深く自分の国・中国を愛するようになりました。だから、文章の力で、中国という国を立て直そうと思い、急ぎ帰国したのです。私は大切なのは、足元をよく見ることだと思います。ですから、まず日本かぶれになって下さい。そして、次に自分を育んでくれた国や地域のことを考え、愛して下さい」と。

吉村昭の文体、歴史小説の醍醐味

日本海海戦の圧勝と講和条約の締結もあって、佐世保に凱旋した『三笠』艦内は浮き立っていた。しかも、東郷司令長官以下高級幕僚も東京へむかって出発していたので、乗組員たちは解放感にひたっていた。

その夜おそく、数名の水兵が火薬庫の通路へひそかにしのびこんだ。その場所は上官の眼もとどかず、酒を飲むのには好都合であった。

かれらは、酒の代わりに発光信号用のアルコールを盗み出し、アルコールの臭気をぬくため火をつけた。が、アルコールが容器からあふれ出て火がひろがった。水兵たちは狼狽して上衣でたたき消そうとつとめた。そのうちに容器が倒れて火が通路いっぱいにひろがり、必死に防火につとめたが体にも火がついて、かれらは大火傷《おおやけど》を負って上甲板に逃げ出した。それによって、火災は一時に拡大したのである。

この水兵たちの中で火傷で死亡した一人の水兵が、死の直前に看護兵に告白したことによって真相があきらかにされたのだ。

（吉村昭『海の史劇』新潮社、一九七二）

冷たい文体の人

畏友の村田右富実《むらたみぎふみ》から勧められて、吉村昭（一九二七－二〇〇六）の歴史小説ばかりを読んでいた時期があった。私にいわせると低温の文体で、湧き上がる喜怒哀楽の高ぶりを極端に抑え込んだ文章は、まさにプロの職人の技。職人の心を持つ作家だったと思う。大作家を前におこがましいことであるが、私は自らの思いの高ぶりをそのまま文体に反映させてしまうほうなので、逆にあのいぶし銀の味にどうしても心惹かれてしまうのである。

思いつくままにあげつらうと、ロシア皇太子ニコライ二世が暴漢に襲われる事件すなわち大津事件の一部始終を描いた『ニコライ遭難』は、皇太子が長崎の彫師に頼んで、腕に刺青を入れたところを、資料をそのまま引用して、そっけなく、あまりにもそっけなく描いている。ぞくぞくする話ではないか。ロシア革命で断頭台の露と消えた皇帝の腕には長崎で彫った刺青があったなんて。でも、吉村は、そんなことではしゃいだりしないのである。さらには、この小説にはニコライが芸者遊びに興じて夜、女と共寝をするところが書かれている。ただし、そこに行き着くまでのプロセスと、建て物の外の様子は詳細に書かれているのだが、私などが期待している下品で具体的なところは一切書かれていない。あっけなく灯が消されたところで終わっている。ところが、書かれていないので、ニコライの長崎の夜のことが目に浮かぶようで、不思議な酩酊感を読者に与えるのである。一寸の狂いもない文体、己を殺した客観性のある文体で、逆に読者の想像力を高める技。それが吉村昭の小説だ。

一方、あたかも歴史を鳥瞰図にして見るように古今東西を見渡し、歴史のダイナミズムを描いた作家が、司馬遼太郎（一九二三－一九九六）だったと思う。司馬は登場人物一人ひとりの人となりを丁寧に描きながら、その一話の一つひとつが繋がりながら、大波となるような起伏のある文体を用いる作家である。だから、こちらは吉村と反対で、温度の高い文体となっている。いわば、喜怒哀楽がはっきり出る文体なのである。『坂の上の雲』では、折り重なる人物のエピソードの数々が、最後の日露戦争のところになると、急に繋がりだして、一気に花開く仕掛けになっているのである。私なりの喩えで言うと、最後に巨大な打ち上げ花火が用意されていて、胸の空く思いで最後の一行を読ませてくれるのが、司馬の小説の本領とするところだろう。構想の大きさで、司馬の歴史小説が好きな人。描写の細部に宿る魂のごときものを見たくて、吉村の歴史小説を好む人。それは、あなたの、お好み次第？

人のこころの驕りはいつからはじまるのか

冒頭に掲げたのは、『海の史劇』の一文だが、この小説は日露戦争の日本海海戦を軸に、その史実を丹念に掬い上げていった小説である。したがって、司馬の『坂の上の雲』のような人物評などは一切なく、たんたんとコトの次第が時間的経過とともに語られていくだけである。

しかし、引用した部分を読んだ時、私は「うぅーん」と唸ってしまった。日本海海戦に勝利したその瞬間から、人の心に弛みが生じ、その弛みがみるみる間に驕りとなって、大惨事を引き起こしたのである。かの日本海海戦の旗艦『三笠』で、こんな不祥事があったのかと思う人も多いと思うが、事実はすべて隠蔽されていたのである。だから、吉村は日本人の読者を、簡単には日露戦争の勝利に酔わせてはくれないのである。「へぇー、そんなこともあったのか」と思わせると同時に、どんなに濃密な時間を過ごし、したたかに歴史を生き抜いた人びとの心にも、慢心というものが生じるということを示してくれているのである。

「日本国憲法」前文の文体

日本国民は、恒久の平和を念願し、人間相互の関係を支配する崇高な理想を深く自覚するのであつて、平和を愛する諸国民の公正と信義に信頼して、われらの安全と生存を保持しようと決意した。われらは、平和を維持し、専制と隷従、圧迫と偏狭を地上から永遠に除去しようと努めてゐる国際社会において、名誉ある地位を占めたいと思ふ。われらは、全世界の国民が、ひとしく恐怖と欠乏から免かれ、平和のうちに生存する権利を有することを確認する。

われらは、いづれの国家も、自国のことのみに専念して他国を無視してはならないのであつて、政治道徳の法則は、普遍的なものであり、この法則に従ふことは、自国の主権を維持し、他国と対等関係に立たうとする各国の責務であると信ずる。

日本国民は、国家の名誉にかけ、全力をあげてこの崇高な理想と目的を達成することを誓ふ。

（『日本国憲法』童話屋、二〇〇一）

与えられたよきもの

新憲法すなわち「日本国憲法」のもとになったのは、GHQすなわち占領軍の示した草案であったことは今日すでに広く知られている。改憲論者の多くは、この憲法が占領下において作られた憲法であることを問題視して「自主憲法制定」を主張するのである。しかし、私は、今自分の人権がこの憲法によって守られていることを考えると、思いは複雑だ。理想は崇高で、読むたびに、背筋が伸びる。立派な思想書だとも思う。が、しかし。やはり文章はいかにも急場しのぎの翻訳文で、この憲法が、英語で発想されたものであることは明々白々と言わねばならない。英語の関係代名詞を翻訳したところが丸わかりなのである。もし、これがレポートなら、私は「可」しかつけないだろう。学生には、こう注意を与える。

「君ねぇ。文章を書くということは、他人に自分の示したい事柄をわかってもらうということだよ。だから、英文をそのまま訳しても、ダメだよ。読み手のことを意識して書かないといけない。だから、日常で使っている文の長さにして、慣用的表現にしないと「良」はつけられないなぁー。文章が、こなれていないんだよ。」

と指導してしまうだろう。一方で、読んでみると、これほど崇高な理想主義を「日本国憲法」は奉じているのかと驚くし、また私は誇りにも思う。でも、やはり文章はひどい。「人間相互の関係を支配する崇高な理想」「安全と生存を保持」「名誉ある地位を占め」などは、英文から発想されているので、日本人になじみのない日本語文になっている。つまり、翻訳者と英文の間だけで成り立つ言語で、読み手が置き去りになっているのである。

文体は時代の反映

一方で、明治憲法の文体に帰るのも滑稽な話である。こちらは、漢文訓読文を応用した文体だが、音読しても意味不明である。目で見て、漢語の意味を反芻しながら読むのが漢文訓読文なので、今日ではまったく使用されていない文体である。したがって、明治憲法も時代の子で、時代を反映した文体で書かれているのである。対して、新憲法も、同じ時代の子なのであって、占領下という時代を映していると考えてよいのではないか。したがって、翻訳文の文体も、これまた時代というものを映していると言えるのではなかろうか。もちろん、民族主義的改憲論者からは、非難されると思うが……。

わが家の憲法論争

たぶん、七〇年安保の時だと思う。兄がデモから帰って来た時のこと。父は、兄にこう言ったことを覚えている。

「おまえらは、アメリカの公民権運動を手本にしとるかもしれんが、婦人参政権も、人権条項も、日本国憲法の方が早いんだぞ。ただ、それを持って来たのがアメリカやからおもろいのやけど。」

兄は、黙ってしまった。そのあとの兄の言葉が情けなかった。「それでも、友達が行くからデモに行くんや」。父は、押しつけられたものであれ、新憲法がよいものだという考えを持っていたのであろう。父は、いわゆる学徒出陣世代で、大学を繰上げ卒業して、海軍に入った人間である。兄は、いわば団塊の世代。おやじにしてみれば、息子の考えは甘いと思っていたようだ。私は小学生だったが、おやじが、よく言ったセリフを忘れることができない。

「おまえ、アメリカに作ってもらった憲法もよう変えんもん（者）が、安保反対言うてデモしても無駄だわい！　おまえにできることは、就職してゼニを稼ぐことだ。」

その父も兄も、死んでしまったが、私は今もあの時のことを昨日のことのように思い出す。

たぶん、私は日本人は、あいまいのまま、現憲法を変えずにいくと思う。それは、合意を形成するのが不得意な文化的風土があるからだ。でも、「日本国憲法」前文の文章だけは、なんとかならんもんかと、私は思う。国文学徒の一人として。

写真の哲学

「肖像写真」は、もろもろの力の対決の場である。そこでは、四つの想像物が、互いに入り乱れ、衝突し、変形し合う。カメラを向けられると、私は同時に四人の人間になる。すなわち、私が自分はそうであると思っている人間、私が人からそうであると思われたい人間、写真家が私はそうであると思っている人間、写真家がその技量を示すために利用する人間、である。言いかえれば、これは奇妙な行動であるが、私は自分自身を模倣してやまないのである。だからこそ、写真を撮らせる（または撮られる）たびに、必ずそれが本当の自分ではないという感じ、ときには騙されたという感じが心をかすめるのだ（それはちょうど、ある種の悪夢が与えるのと同じである）。

（ロラン・バルト『明るい部屋――写真についての覚書』花輪光訳、みすず書房、一九八五）

女の人に写真を贈る時は……

女の人に写真を贈るのは難しい。それは、本人が思っているより美人に写っている写真など、千にひとつもないからだ。

——絶対に、これ私じゃない。

——どうして、こんな写真撮るのよ。

——ホンモノはもっと美人なのに。失礼しちゃうわね。

こんなことを言われたのは私だけではあるまい。ある写真家は、女の人に写真を贈る時に、必ずこう言うそうだ。

——実物はもっと美人なのに、この写真はうまく撮れなかった。ゴメン！　この写真は写りが悪い。ゴメン。

なるほど、そう言えばよいのか。実は、この写真家は、多くの女優さんと浮名を流している人なので、私には説得力があった。

なにものかへのレクイエム

ここまでを話の糸口に、森村泰昌（一九五一－）の動画作品を一つ紹介したい、と思う。それは、東京都写真美術館で、二〇一〇年三月十一日～五月九日まで行われていた「なにものかへのレクイエム」という森村の最新作品展に出展されていた「創造の劇場／動くウォーホル」という動画作品だ（森村泰昌『なにものかへのレクイエム――戦場の頂上の芸術』東京都写真美術館ほか、二〇一〇）。

森村と言えば、全作品に自らが登場するポートレートをモティーフとした異色写真家、異色映像作家と言われているが、私の見るところ、いかなる定義をも拒む現在進行形の美術家と言えるだろう。当該の「動くウォーホル」にも、森村自身が登場する。長方形の姿見を思わせる二つのスクリーンには、向かって右に森村扮するウォーホル、左にはこれまた森村扮するウォーホル好みの女性モデルが写し出されている。おそらく、ウォーホルを知っている鑑賞者なら、「さもありなん」というコスチュームで、ウォーホルはレザーの黒のコート、モデルは白ワイシャツにネクタイ、ジーンズ姿で、ふたりとも一九六〇年代当時の最新モードを思わせる出で立ちである。当該作品は、動画になっているところがミソで、右のウォーホルが、懐からカメラを取り出すと、左のモデルがすかさず「しな」を作ってポーズを取る。そして、撮影が終るとその瞬間、モデルは緊張感が解けた姿を見せる。そこには、写真を撮る側の自意識と、撮られる側の自意識が左右対称かつ同時に描かれているのである。その両方を森村が演じきっているところがおもしろく、私は繰り返される緊張と緩和に見入ってしまった。と同時に、次のことを考えた。

一般的には撮影者と被写体は向き合っている。ために、その両方の表情や、撮影前／撮影後の心身の変化を同時に見ることはできない。ところが、撮影者／被写体の両方が、見学者の前に同時に示されてしまうと、写真を撮られる側だけでなく、写真を撮る側にも自意識があることが……明々白々の事実として示されるのである。以上を整理すると、次のようになる。

ウォーホル／撮影者／写真を撮る側の自意識／森村泰昌本人
モデル／被写体／写真を撮られる側の自意識／森村泰昌本人

写真と自意識

つまり、同時には見ることのできない視点から、撮る側と撮られる側の自意識を見せてくれる作品なのである。私は「自らの視点というものを相対化するということは、こういうことなのだな！」と妙にひとり合点してしまった。そして、その作品の前で、大きく頷いた。するとその瞬間、大きく頷いた自

料金受取人払郵便

山科支店承認

99

差出有効期間
平成26年11月
20日まで

郵便はがき

6078790

（受　　取　　人）
京都市山科区
日ノ岡堤谷町１番地

ミネルヴァ書房
読者アンケート係 行

◆ 以下のアンケートにお答え下さい。

お求めの
書店名＿＿＿＿＿＿＿＿市区町村＿＿＿＿＿＿＿＿＿＿＿＿＿＿書店

＊ この本をどのようにしてお知りになりましたか？ 以下の中から選び、３つで○をお付け下さい。

A.広告（　　　　）を見て　B.店頭で見て　C.知人・友人の薦め
D.著者ファン　E.図書館で借りて　F.教科書として
G.ミネルヴァ書房図書目録　H.ミネルヴァ通信
I.書評（　　　　）をみて　J.講演会など　K.テレビ・ラジオ
L.出版ダイジェスト　M.これから出る本　N.他の本を読んで
O.DM　P.ホームページ（　　　　　　　　）をみて
Q.書店の案内で　R.その他（　　　　　　　　）

書　名　お買上の本のタイトルをご記入下さい。

◆ 上記の本に関するご感想、またはご意見・ご希望などお書き下さい。
「ミネルヴァ通信」での採用分には図書券を贈呈いたします。

◆ よく読む分野（ご専門）について、3つまで○をお付け下さい。
1. 哲学・思想　2. 宗教　3. 歴史・地理　4. 政治・法律
5. 経済　6. 経営　7. 教育　8. 心理　9. 社会福祉
10. 高齢者問題　11. 女性・生活科学　12. 社会学　13. 文学・評論
14. 医学・家庭医学　15. 自然科学　16. その他（　　　　）

〒

ご住所　Tel　（　　）

年齢　性別

お名前《ふりがな》　歳　男・女

ご職業・学校名
（所属・専門）

Eメール

ミネルヴァ書房ホームページ　http://www.minervashobo.co.jp/

分を見ていた他の見学者たちの視線を意識した。そして、ふと本節の冒頭に掲げたロラン・バルト（一九一五‐一九八〇）の言葉を思い出した。

バルトは、レヴィ＝ストロースとともに二十世紀を代表する思想家である。その著『明るい部屋――写真についての覚書』は、バルトの遺作で、写真論というより写真を通した母へのオマージュ、オマージュというよりゆがんだ自伝のような作品なのだが、バルトが意識した視線を巡る思惟の一端に、森村作品を通して触れたような感じがした。

ところで、フランスの思想家の文章とは、どうしてこんなにも華麗なのかと思う。彼らは、文章を自らの思想を語る道具とは見ていない。むしろ、文章そのものが、自らの思想だと考えている。だから、常に巧みな比喩で読者の意表をつくとともに、読者の心に自らの考えが刻み込まれるように文章を書く。それは、常に読者が思う著者を、著者自身が意識しているからであろう。文章を書くということも、これは見られる自己を意識するということにほかならないのだ。だから、文章を書くということは、自意識を持つということになるのである。

それにしても、女の人に、自分の撮った写真を贈るのは難しい。

私も、一応ラジオ世代です

当時、各深夜放送に対する奇妙な評価が、私たちの世代、あるいは数歳年上の人たちの間に定着しはじめていた。

深夜放送の特集を組んでいる新聞や雑誌などでは、まったく触れられなかったが、実際に深夜放送を聴いている若者が集まると、次のようなランク付けで話が進んでいくのだった。

「『オールナイトニッポン』は、初心者とかミーハーなヤツが聴くんだよな。ワカッている人間は、『セイ！ ヤング』と『パックインミュージック』だよな」

（村野まさよし『深夜放送がボクらの先生だった』有楽出版社、二〇〇八）

私の自慢話

昭和三十五（一九六〇）年生まれの私は、一応ラジオ世代に属す。したがって、中・高時代は、深夜ラジオを聴いていた。というよりは、深夜にテレビはやっていなかったし、一九六〇年代後半から七〇年代は、ラジオこそが若者文化の最先端の位置にあったのである。よく聴いたのは、諸口あきらやあのねのね、尾崎亜美。それに、ニッポン放送の「オールナイトニッポン」で、タモリの放送をよく聞いていた。これは、私の三大自慢話のひとつで、私はラジオ時代のタモリの放送を知っているぞ、すごいだろうと自慢する。その「オールナイトニッポン」のタモリの放送で「ソバヤ（蕎麦屋）、ソバヤ（蕎麦屋）」のコンテストというものがあった。これは、大勢でソバヤソバヤと叫びあって、どこのグループがいちばんアフリカの原住民の民謡らしく聞こえるかということを競いあう、なんともたわいもないコンテストだった。それを録音して放送局に送って、上位のグループは表彰されるものであったと記憶している。ところが、回を重ねるごとにだんだんとレベルは上がり、体育館などで声を響かせ、竹で床を叩く音を入れると、どう聞いても、これはアフリカの民謡だろうと聞こえてくるものが多数放送されるようになったのである。私は、授業の余談で大学生たちに、今のタモリがあるのは、ラジオのパーソナリティをやっていたからだと力説することがある。この放送で、彼はあらゆる実験を行なって、芸の幅を広げたのだと私は思っている。学生は、また上野教授の自慢話かと心のなかで笑っているだろう。

「オールナイトニッポン」といえば、「あのねのね」の悪戯も忘れられない。電話先に、よりたくさんの人間を集められたグループに、ホンダの「ナナハン」、ヤマハの「ナナハン」をプレゼントすると放送で募集したのだ。すると、学生寮などから、さかんに電話がかかってくる。とにかく、あこがれの賞品だ。二十名、三十名、百名と、それは時間を追うごとに大人数になっていったのを覚えている。ところが、その最後に、商品のナナハンが、オートバイクの七半（七五〇c.c.）ではなくて、「本田」の七つの判子、「山葉」の七つの判子であるというのだ。あのねのね の二人は、そんなことは事前にディレクターさんから聞かされていなかったと、ブチ切れ。えらい剣幕で怒りはじめたのである。じつは、私は三年前まで、ほんとうに聞かされていなかったと思っていた。しかし、三年前に原田伸郎《のぶろう》さんに会ってことの真相を尋ねる機会を得た。原田さんは、一瞬たじろいだ表情を見せたが、はじめから担いだということを告白した。まぁ、よかった。三十年前のからくりを知ることができたから。それにしても、楽しかった。ほんとうに、あのころのラジオは……。

「パックインミュージック」

そんなディープなラジオっ子の私を唸らせたのが、村野まさよし『深夜放送がボクらの先生だった』だ。冒頭に掲げた言葉は、私にはよーくわかる。ほんとうによくわかる。というのは、『セイ！ ヤング』と『パックインミュージック』は、大げさに言えば、いわば《人生探求派》なのである。大爆笑のコーナーの後などに、リスナーが体験した悲しい体験談などが、それはそれはみごとな朗読で読まれて、涙することもあったし、今は亡き野沢那智さんが自らの体験を語る痔の闘病譚などは、病というものの恐ろしさ、そして闘病で知り得た人生の深みなどをとつとつと語るもので、今でも思い出すことがある。

また、性に関わる悩みも、ここでは自由に語られていた。愛する人がいながらも、自らの欲望に勝てず、ふしだらな性行動をする若者に対して、プラトニックな愛と性愛は別のものだと考え、自分の体のなかに制御できない悪魔がいると考えたほうがよい。それが、大人の考え方というものだと語っていたのも、忘れられない。ようするに、若者の心に密着した人生相談のようなところがあったのである。私が《人生探求派》と言ったのは、そういう意味においてである。

白石冬美さんとのボケとツッコミもおもしろく、

中国の古典の『金瓶梅』を現代語に訳して、それを毎週、野沢那智さんが朗読するコーナーが人気となっていた。いくぶんエッチな部分になると、白石冬実さんが、

「何、それーッ！ そんなの、知らなぁーい」

などと言う。すると、野沢さんが、白石さんにさらにツッコミを入れたりする。二人の会話が、とてもとても斬新だった。

という部分を読むと、三十五年以上も前のことなのに、あの語りが蘇ってくる。私も、昔語りをするようになりました。

生きることは学ぶことだ

私は「生きることは学ぶことだ」、つまり、人というのは生きている間中、学んでいるのだと一貫して思ってきた。ただ、その時の「学ぶ」とは、「覚える」ことではなく「知る」ことだ。しかも、こどものころ学校で学んでそれで十分ということでは決してなく、むしろその先で学ぶことのほうが多いはずだ。社会に出た後は、「覚える」よりも「知る」ことが大きいのではないだろうか。

竹田篤司先生の『フランス的人間』（論創社）という本があるが、そこにはこう書いてある。

「人間は知ることによって人間となる。そして、そこから哲学が誕生する。」

そうだとすれば、知性とか理性といわれるものは、その領域に属しているのではないだろうか。同時に人間は感じる存在でもあり、生理や感覚はそちらの領域だが、その領域については必ずしも人間独自ではない。「知る」ということのほうが人間独自の機能というか、人間に与えられた力であると私は考えている。

（「本を読むということ」福原義春『だから人は本を読む』東洋経済新報社、二〇〇九）

福原義春さんとの出会い

今や、世界的企業となった資生堂の総帥として辣腕を振るった経営者にして、鑑賞用の蘭の栽培で著名。そして、現代を代表する読書家。東京都写真美術館館長にして……。

この人を、どう紹介すればよいだろう。初めてお会いしたのは、とある学術賞の授賞式の会場でだが、初対面の印象はと言えば、気取りのない、いわばフツーの「おじさん」だった。えっ、この人が、福原義春さん、とびっくりしてしまった。ただ、一つひとつの言葉の背後にある福原さんの知識が私には思いやられて、そうか教養人とは、このような話し方をするのかと、驚き、そして敬意をもった。私自身は、なるべく人と話す時は有意義にしたいから、あれこれと考えながら話すほうだが、福原さんの場合、ポンポンと話しながらも、その意味するところは深く、重いのである。それでいて、「フツーのおじさん」だ。

本書は、その福原さんの読書論である。話していると、この人は世界中を旅した人のように思えてきた。もちろん、世界的企業の社長だったのだから、いろんなところに足を運んだはずだが、私の感じた印象はといえば、世界を旅した人のような印象を受けたのだ。うまく言い表せないが、どこかそんな印象のある人なのだ。

小学生のころ、神戸の親戚の家に行くと、必ず豪華客船の元コックさんがシェフをしているグリルに連れて行ってもらった。なぜか、福原さんは、そのコックさんの印象と重なってしまうのである。

このグリルのコックさんは、私を見つけると必ずひとつ外国のおもしろい話をしてくれるから、話を聞くのが楽しみだった。「メキシコで飲んだテキーラというお酒は、一杯飲むと、ドンと腰に来るんだ。つまり、立てなくなるんだぞ」「一杯こうやって飲むだろう。するとドスーンってへたり込んで、立てないんだ」「大きくなったら、おじさんといっしょに飲もう」なんて話してくれた。もう、少年の好奇心は入道雲のように膨れ上がるばかりだ。

福原さんは、こちらの関心のある事項を見つけると、それについて話して下さるから、話に引き込まれてしまう。やはり、福原さんはコックさんに似ている。

影響を受けるということ

福原さんは、拙著『魂の古代学——問いつづける折口信夫』（新潮社、二〇〇八）という折口信夫の評伝を読んで下さっていて、初対面の折、最初にこう言われた。

——上野さんは、折口信夫の評伝を書きながら、逆に折口から影響を受けるようになっていったでしょう。対手《あいて》のことを知ると、ついつい影響を受けるもんなんですよ。

私は、「それは図星だ！」と思ったが、急所をつかれると人はそれを認めたくなくなるものなので、「ええ、まぁ」くらいの返事をしたのを覚えている。確かに、折口信夫の評伝を書きながら、その思惟を知れば知るほど影響を受けたのは事実だ。そのパーティから一週間後、福原さんから、当該の本が送られてきた。

おそらく、福原さんはこう考えているのだろう。人の人たるところは、常に知るという営為にあり、人がよりよく生き続けるということは、知り続けるということだ、と。つまり、常に影響を受ける。また、影響を受けようとするところからしか、明日の豊かさは生まれてこない、ということであろうか。

旅と読書

旅人というものは、旅とともに人生を歩んでゆく。だから、一日一日、旅を通じて成長するのである。一冊、一章、一節、一行ごとに知り、成長している読書人。旅人は旅を止めたら旅人ではなくなる。人は、知ることを止めたら人ではなくなる。だから、「生活のなかに読書を――」というのが福原さんの読書観である。

そうだ。そういえば、あのコックさんと福原さんは、風貌も似ているような気がしてきた。

阿部定予審調書を読む！

あれ程の色男に会ったことはありません、四十二とは迚も思えず精々二十七八に見え皮膚の色は二十台の男の様でありました、気持は単純で一寸した事でも迚も嬉しがり、感情家で直ぐ態度に表わし、赤ん坊の様に無邪気で私が何をしても喜んで居り甘えて居りました、或時は私の赤い長襦袢を着せると夫れを着た儘寝て居り、私と一緒に待合に泊り歩いても一度も口を出した事もありません、又石田は寝間が迚も巧者な男で情事の時は女の気持をよく知って居り、自分は長く辛棒して私が充分気持をよくする様にして呉れと口説百万陀羅で女の気持をよくすることに努力し、一度情交しても又直ぐ大きくなると云う精力振りでした

（「予審調書」七北数人編『阿部定伝説』筑摩書房、一九九八年）

とあるきっかけから

猟奇殺人の犯人であるにもかかわらず、語りつがれている人気者の女性がいる。阿部定事件といえば、溺愛した愛人と愛の逃避行を続け、そのうち愛人・石田吉蔵の男性器を切り落として殺害し、その男性器をハトロン紙に包んで持ち歩いて捕まった人物である。

今から二十年前のことであろうか、奈良の老舗の料亭K楼の老主人と酒を飲んでいる時のこと。どうしてそういう話になったかは忘れてしまったが、阿部定事件の話になった。老主人は、「先生、私はね、お定さんに逢ったことあります」と言うのである。話を聞くと、戦後料亭などが開店すると、人寄せパンダよろしく、オープンに合わせて数日ないし十日ほど、お定さんを仲居のひとりとして雇うことがあったという。ただし、それはあくまでも多数いる仲居さんのひとりとしてである。が、しかし。噂であの店にお定がいるとわかるやいなや、連日の満員御礼になったというのである。何をするわけでもなく、普通に酒と肴を運ぶだけだが、客は大喜び。客も客で、根掘り葉掘り聞いたりはせず、「あっ、あれが……」と頷きあうだけという感じだったらしい。つまり、知っていて知らんふりなのである。もちろん、無粋な客のなかには、失礼な質問をする輩もいたそうだが、すると、ちょっと睨んで横を向いて相手にもしないという風であった。そういういわば、巡業のような雇われ方もあり、関西で二、三度、仲居をしているお定さんを見たというのである（というか、見に行った？）。私はすかさず、「美人でしたか」と聞いた。やはり、ここは気になるところである。すると、にやりと笑って老主人は「ええ、年相応にはね」ということであった。

それからというもの、私は阿部定関係の資料を読み漁った。阿部定マイブームが、突如として巻き起こったのである。そのなかでも、興味本位ではなく、しっかりとした取材に基づいた本が、堀ノ内雅『阿部定正伝』（情報センター出版局、一九九八）である。私は、この本をもとに、お定さんの足跡を辿る旅をしたことすらある。実は、二十年前の関西粋筋には、松島遊郭で体を売っていたころの阿部定の客だったことを豪語する御仁がいた（もちろん、半分はホラだと思ったが）。そんなこんなで、阿部定モノを乱読していた時代があったのである。ただし、あまりにも興味本位なものも多く、うんざりしたのも事実。とにかく読物は山のようにあるのである。

予審調書

私が読んだもののうち、一番印象的だったのが、いわゆる「阿部定予審調書」である。「予審調書」とは、いわば、今日俗にいう「自白調書」だが、戦後この調書がガリ版刷りで秘かに売られていた時代があったのである。ただし、その真偽については、賛否あるものの、今日では、いわゆる流出資料のアングラ版と考えられている資料だ。

尋問官が、「被告は何故斯様に迄石田を恋慕愛着したか」と言うと、阿部定は「石田の何処が良かったかと云われても此処と云って答えることは出来ませんが石田は様子と云い態度と云い心持でけなす所一つもなく」と答えている。そして、冒頭に掲げた部分となるのである。つまり、この文章から、お定さんは、心底石田吉蔵を愛していることがわかる。定は、石田は無邪気・無垢の人だったと言いたいのであろう。しかも、性交渉についても、はっきりと述べている。女のことを思い、自分は辛抱して、女を楽しませ、そして精力絶倫であったと。

殺されてしまった石田にはあまりにも気の毒だが、これほど好かれれば男としても本望ではないのか、と思ったりもする。

阿部定は、石田が、自分のセックスのテクニックだけでなく、ほんとうに自分に惚れているのかをこう試したとある。

私は石田が技巧だけでなく本当に私に惚れて情事をするのかどうか試したことがありました、申上げるのも失礼やら愧《はずか》しいやらですが四月二十三日吉田屋を家出した時私は月経でお腰が少し汚れ

て居たのですが、夫れでも石田は厭がらず触ったり舐めたりして呉れました
そして、ほんとうに自分が好きなら、自分の月経の血を食べ物につけて食べられるかと聞くと、石田は……というところで、紙数が切れました。おあとがよろしいようで。

三　学者修業覚え書——感性から思惟へ

天平衣装着けた三〇代の私。私は、語り物すなわち、講談、浪曲、芝居の類が好きだ。だから、こんな姿になって、万葉びとを気取って、講釈することもある。ただし、たいがいは、うまくゆかないが。

異邦人の目に学ぶ

憂鬱な季節

東京から奈良に赴任して、四回目の春を迎えた。奈良大学で『万葉集』を研究している私にとって、うれしい悲鳴をあげる季節がある。それは、春と秋の行楽シーズンである。というのは、東京の大学に籍を置いていたせいで、東京には友人や世話になった教授がたくさんおり、この悪友と敬愛すべき恩師が堰《せき》を切ったようにやって来るのが、この季節だからである。最悪なのは正倉院展のころで、学生時代に戻って悪友と飲み明かす日が連続してしまう。時には、自分の研究室で学んでいる留学生を東京駅から新幹線に乗せ、自分は東京駅から奈良の拙宅に電話をかけてきて、忙しいから一週間預かってくれというような、猛者《もさ》もいる。そんなけしからんやからには、次に会った時の酒代は三次会まで全額持たせることにしている。

余談となるが、こんな時にありがたいのは、奈良町の古い旅館で、留学生のふところ具合に合わせてのサービスが、何ともうれしい。パンの耳をかじってでも、世界文化遺産・法隆寺を見たいというアジアの留学生もいるからである。その旅館の女将は心得たもので、素泊りにして自炊させてくれるので、預かった私としても安心なのである。お世辞にもきれいな旅館とは言いがたいが、何の嫌味も言わずそんなサービスの提供がある旅館は、留学生にとっても、私にとっても心強い存在である。

ヒンコンナブンカザイギョウセイ

そんなアジアからの留学生の古寺巡礼は、思わぬ発見をもたらしてくれることもある。ここでは仮にA君としておこう。A君を法隆寺に連れてゆき、昼食ににゅう麺を食べたあと、A君は言いづらそうな顔をしながらも、私に次のようなことを言った。それは「ヒンコンナブンカザイギョウセイ」という言葉であった。流暢《りゅうちょう》な日本語ではあったが、私は彼の言った「貧困な文化財行政」という言葉の意味を解するまで数分を要してしまったような気がする。A君としても考えあぐねての言葉であったようだ（と同時に、彼の語彙力には感心した）。A君は言う「日本国政府は、なぜ世界文化遺産・法隆寺の建物のペンキの塗り替えを怠っているのか！」と。中国系である彼は、お寺の柱は朱塗りと決まっていて、仏像には金箔がはられているものであり、それからすると法隆寺は「荒廃の極み」であると言うのである。すべてを呑み込んだ私は、次に西の京・薬師寺に彼を案内することにした。

「日本美・再発見」の再発見

薬師寺に着くと、A君はわが意を得たりという表情で、昭和五十一（一九七六）年に再建された金堂の朱塗りを見ていた。ところが、A君はすかさず「あの汚い塔には、なぜペンキを塗らないのか」と聞いてきた。A君の言う「汚い塔」とは、国宝・東塔のことである。私は、哀調帯びた「木肌の美」や「木目の美」を説いたが、ついにA君の疑問は解けなかったようである。もし、薬師寺の東塔や法隆寺の伽藍《がらん》を元どおり朱塗りにして復元しようと誰かが発案すれば、たぶんそれは一笑にふされるであろう。

それこそ「祖先の偉業」と「日本美」とを冒瀆《ぼうとく》する蛮行と言われるかもしれない。

そこで、私は研究室に帰るとA君に伊勢神宮の写真を見せることにした。彼は写真を一見すると「これはいつ完成するのか」と聞いてきた。彼に言わせると、伊勢神宮は壁が未完成で、ペンキも塗り忘れているのだという。私はここではたと考え込んでしまった。われわれが「日本美」と言っているものは、従来から「美」と言われているものを過去の言説によって追認しているだけで、これは一種の思考停止に等しいかもしれない。今度、A君に会ったら、金閣寺と伏見稲荷に連れて行こうと思う。日本にも朱と黄金の文化はあるのだと……。

イメージを固定化することの危険性

しかし、考えてみると飛鳥・藤原・平城京に林立した古代寺院の柱には朱が塗られ、仏像には金箔がはられていたのである。けれども、いつの日か剝げた朱を塗らなくなり、仏像の金箔のはりかえもしなくなったのである。もし、これを「日本美」であるというなら、ここに日本美なるものが発生したと見ることができよう。しかし、その「美的感覚」は同じアジアの人びとにも共有されるものではなかったのである。中国やタイの寺院を訪ねれば、それは一目瞭然である。朱塗りの柱に金色の仏像に、われわれ日本人はむしろ違和感を覚えてしまうからである。

毎年四月、大学で『万葉集』の講義をはじめる時に、口を酸っぱくして言うことがある。『万葉集』に登場する飛鳥は清らかな山河であり、われわれはそこから田園風景を想起してしまうが、実際の景観はそうではない。古代の飛鳥は、朱塗りの寺院と金色の仏像が輝く、周辺とは隔絶した空間であり、莫大な投資が行なわれたいわば当時のハイテク都市と見なければならない。むしろ、なぜそのハイテク都市「飛鳥」が、万葉びとの心の「故郷」として歌には表現されるのか、そのギャップこそ考察の対象にすべき事項である。そう、私は説くことにしている。それが、私の『万葉集』四月開講の第一声である。もちろん、パンの耳をかじって大和の古寺巡礼を果たし、枯淡の「日本美」に反問したA君の言葉で講義がはじまるのは、言うまでもない。

歴史的事実と心の真実

五月のキャンパスから

五月。フレッシュマンの受け入れが終わった大学は、やっと落ち着きを取り戻す。四月のキャンパスは、クラブの勧誘や新入生向けの諸行事で華やかである。春休みが終わって久し振りにキャンパスに戻ってきた女子学生の黄色い声も、まぶしい季節である。しかし、連休明けからは、授業もオリエンテーション（方向付け）から本論・各論に入り、新入生ももう「お客さん」ではない。ところが、一方で元気の無いフレッシュマンもこのころから現れはじめる。私の指導する国文学科の教室でも同様で、教室の後ろにひとり座り、ノートもとらずに外を眺める学生が、このころから出てくる。そういう学生の多くは、「祭りの後の淋しさ」と「今後の不安」が重なりあった五月病予備軍である。とくに、国文科の男子学生に多いのは、私が「古代史崩れ」と「考古学崩れ」と名付けた学生である。彼らは古代史や考古学に惹《ひ》かれたものの、偏差値の壁で国文学科に来た学生たちである。歌に共感するより歴史ドラマを語りたく、難解な文法より土器のかけらを集めたい学生たちである。私の主催する万葉ゼミはそんな学生のひとつの溜まり場となっている。

高松塚以降

昭和四十七（一九七二）年の高松塚古墳発掘以降、新聞の紙面に発掘記事の無い日はない。今やブームという一過性のものではなく、考古学は戦後多くの成果を上げて、日本の古代の研究に大きな影響を持つようになっている。また、発掘データは膨大な報告書となって古代史研究に刺激を与えて、研究は大いに活性化していると言えるだろう。そういったなかで、考古学少年や古代史少年が増えるのも当然である。

古代の文学を研究している私としては、その恩恵には浴しているのだが、実は心中穏やかでないものがある。それは、正直にいえば「嫉妬《しっと》」に近い感情かも知れない。考古学・古代史の奈良大学という社会的評価が定着してきたなかで、国文学研究室の影が薄くなっているのではないか。ひとりで焦ってもしようがないし、そういう感情自体一種の思い上がりなのだが、以下のような強がりを言ってしまうことがある。依頼を受けた講演の開講一番に、つい口をついて次のような言葉が出てしまうのである。

奈良大学と言えば古代史と考古学だけだと思っている人も多いと思いますが、国文学科にも若くて元気のよい先生が『万葉集』を研究しています。それが、私です。

もちろん、聴講者のほとんどは古代史ファン、考古学ファンであることを知った上でのことである。

「古代史崩れ」「考古学崩れ」たちへ

「古代史崩れ」「考古学崩れ」の巣窟である私のゼミでは、彼らの断ちきれない思いを知りつつ、次のような話をすることがある。史料に時代を語らせるのが歴史学であり、モノに時代を語らせるのが考古学と大ざっぱにここでは定義しよう。それに対して、歌で心情を読み取るのが万葉研究である。もし、古代に生きた人間の心性を論じたいのなら、史料や出土遺物より歌を通したほうが、よいのではないか。たしかに、歌から事実を探ることは難しいが、心の真実は史料ではなく歌に表現されている。たとえば、高市皇子が亡くなったことは、史書には一行、亡くなったという事実が記されているだけだ。ところが『万葉集』には、百四十九句に及ぶ柿本人麻呂の長歌が残されている。高市皇子の死を人びとはどう受けとめ、どのように悲しんだのか。そういうことは、歌に表現されているのであって、史書には記されていない。高市皇子が死んだという事実と、その死の悲しみをどう感じたのかという心性の真実とは、重なりあってはいるが、別なものなのである。これこそ君たちがやりたい真の歴史ではないのか――。

時にはダマし、時には脅かし、時にはくすぐり、私はこうして万葉ゼミに、優秀な学生をオルグするのである。詐欺師のテクニックに、教員は学べというのが私の持論なのだが、毎年十人ほどの学生が私に卒業論文を提出する。

白　状

実はかく言う私も、十代の後半には紛れもない「古代史崩れ」「考古学崩れ」であった。歌に対する主観的で浅薄な文学論や、自分の思い入れだけを語る国文学者の授業に反発をして、授業を自主的に休講にしたこともある。もちろん、転向も考えたが、最終的に万葉研究の道を選んだのは、人への関心だったかもしれない。『古事記』『日本書紀』『続日本書紀』などには、一度も登場することのないいわば歴史上無名の人物が、慶《よろこ》びや悲しみを歌に表現している。そんな古代人の声の缶詰として、私は『万葉集』を見ているのであり、『万葉集』は「言葉と心性の文化財」というのが私のキャッチ・コピーである。

たしかに、古代文学の研究は、古代史や考古学に比べて活性化していないことはみとめなければならない。が、しかし、私にとて意地もある。だから、こんな屁《へ》理屈を考古学者にぶつけることもある――「まさか、掘り出した土器の計測で、土器を作った人の恋心はわからんでしょう」。ところが、この屁理屈をぶつけた水野正好奈良大学学長（当時、宗教考古学専攻）からは、大笑いをされた後で、こうやり返された――「万葉学者が、相聞歌を分析してわかる恋心も、正しいとは限らないでしょう。だって、嫁さんのこころもようわからんのに……」。これまた一本取られてしまったが、「心性」と「心性の古代」を分析することのむずかしさを学んだ気が、した。

ふたつの「故郷」を持つ古代都市生活者

ライブの魅力

とある講演会でのこと。例によって「過分」な講師に対する紹介のあと、司会者は「『万葉集』は日本人のこころの故郷」とさかんに『万葉集』を持ち上げていた。『万葉集』は日本人のこころの故郷、飛鳥は日本人のこころの故郷とボルテージは上がるばかりである。たしかに、講演者である私に期待されているのは、こんなところであろう。へそ曲がりの私はそんな結論が出ているのなら、講演を聞かなくてもと、意地悪な気持ちになったりする。けれども、かけ出しの研究者である私を招いてくれる講演会は、見識のある企画と考えることにしているので、日程さえあえば断らないのを建前にしている。それに何といっても、聞き手の反応が手に取るようにわかるのが魅力である（もちろん、正直にいうと経済的魅力もある）。これは学会の研究発表でも同じで、研究の成否が拍手でわかる時がある。もちろん、常にうまくいくとは限らないから、研究発表が終わって自棄酒《やけざけ》ということも、ままある。論文にしろエッセイにしろ、読み手に対面するわけではないので、じかに反応を知ることはできない。だから、講演会・口頭研究発表会のライブの魅力は、捨てがたいものがあるのである。

北国の春

私の拙《まず》い話を聞いて、涙した人がひとりいる。あとにも先にも、ただひとりである。それは、中国・蘇州大学の日本語学科のある女子学生である。話は一九九四年の春にさかのぼる。蘇州大学で行なわれた国際研究集会のあと、日本語学科の特別授業を頼まれた折りの話である。中国でもカラオケで大ヒットした「北国の春」を題材にして話を進め、この歌が出稼ぎ者の望郷歌であることを枕にして、『万葉集』の望郷歌について、話をしていた時のこと、女子学生のひとりが涙を流し、それが伝染したらしく、教室は異様な雰囲気に包まれてしまったのである。

話をしていた私は、講義の何に反応して泣いたのかもわからず、ただおろおろするばかりで、結局は早めに話を切り上げてしまった。聞けば、最初に泣いた女学生は、中国の内陸部の貧しい農村出身の学生であるが、一族の期待を集めて、先進地域のこの蘇州大学に進学し、その夏卒業ということであった。ところが、もうひとつお目出度いことが彼女には重なっていた。彼女は卒業と同時に結婚するのだと言う。それならば、涙は無用と思うが、卒業して故郷の寒村に戻るという両親との約束は、同級生との結婚で反古になってしまうと言うのである。しかし、よく考えてみると、彼女は私の話に感動したのではなくて、自分の身の上を思い出して泣いたのである。これまた、何とも妙なオチがついてしまったが、卒業後は蘇州の紡績工場の外弁（外国との交流を促進するセクション）に就職が決まっているということであった。

ふたつの故郷

その授業で私が言ったのは、次のようなことである。万葉時代の貴族というものは、原則としてふたつの故郷を持っている。ひとつは京のなかにある邸宅であり、もうひとつは先祖から引き継いだ氏族の根拠地である。おそらく、一方の故郷にいるときには、一方の故郷をいとおしく思ったはずであり、大伴坂上郎女は大伴氏の根拠地である跡見庄（桜井市・外山付近か）を「故郷」と歌に表現しながらも、「故郷」にいる時には平城京の邸宅に残した娘に思いをはせる歌を残している（『万葉集』巻四の七二三・七二四）。

『万葉集』の時代に生きた人びとは、こういったふたつの故郷のはざまに生きた人びとであり、それは古今東西の都市生活者の宿命と言わなければならない。古代都市・平城京もこういったふたつの故郷を持つ人びとが集まった都であった。かえりみて、千昌夫の「北国の春」のヒットは、日本の高度成長と東北からの出稼ぎという背景を抜きに考えることはできない。ここに都市生活者の望郷の文学ということを、考えねばならない。おそらく、涙を流した女学生は、大学での勉強を出稼ぎのごとき感覚で見ていたに違いない。中国においての大学教育とは、われわれが考えているよりも、もっと重いものであり、父母と一族は言うまでもなく、彼らの肩には国家の期待も重くのしかかっているからである。

生活と心情

『万葉集』の歌の担い手の第一は、平城京に生きた官人たちである。彼らはふたつの故郷をたくましく生きた人びとであったと、私は現在考えている。万葉時代の法律である律令のなかには、平城京内の官司の勤務者の農作業の規定がある。春と秋の農繁期には、「田暇《でんけ》」と呼ばれる十五日間の休暇が与えられていたのである。この規定でおもしろいのは、一斉に田暇を取ると役所の機能が停止してしまうので順番に休むことや、田のある場所で農作業の開始時期が異なることを考慮に入れて、弾力的にこの条項を運用して個別に休みの期間を定めることが、条文に歌われている点である（養老暇寧令《ようろうけにょうりょう》 第一条）。

平城京内に邸宅を構える貴族であっても、農繁期には、その根拠地に赴いたことは万葉歌が証明するところであり、こういった京と故郷の往復が、万葉びとの生活を支えていたのである。ところが、平城京で生まれ育った世代には、平城京を故郷として意識することを、これまた万葉歌によって跡付けることができるのである。

つまり、『万葉集』には、古代都市生活者の文芸という側面もあることを、忘れてはならないのである。

『万葉集』の歴史的環境

環境問題への関心の高まり

最近は、カルチャー・センター文化も成熟してきたと見えて、講演の内容を指定してくる企画ものの講座が増えている。以前ならば、何でもご自由に話してくださいというのが多かったが、今は違う。多くの講座ができ、そこでは特色ある講義が求められているのである。そして、着実に受講者のレベルも上がっているのである。しかし、手強い聞き手がいてこそ、話し手も技を磨くわけで、講演を引き受けるたびに話の内容を練っているというのが、正直なところである。そういった講座でとみに注文が多いのは「環境」についてである。万葉の時代の環境について話してくださいとか、万葉びとの自然観についての依頼が最近は目立ってきた。

盆地生活者の文芸

そういった依頼を受ける時思い出すのは、基本的には『万葉集』は奈良盆地生活者の文芸であるということである。万葉びととは、大和青垣と呼ばれる山々に囲まれた盆地に暮らしている人びとであり、その山を越えると涙を流してしまうような人びとの文芸が『万葉集』であると、私は荒っぽく言い放つこ

とにしている。たとえば、文武天皇の難波行幸につき従った忍坂部乙麻呂《おさかべのおとまろ》は、

大和《やまと》恋ひ眠《い》の寝《ね》らえぬに　こころなくこの渚崎《すさき》廻に　鶴《たづ》鳴くべしや

（巻一の七一）

という歌を残している。つまり、生駒山を越え難波に出ると、大和が恋しくて寝られなくなるというのである（「大和恋ひ」とは、なんと美しい言葉だろう）。このほかにも、奈良山や名張の山を越えることへ不安を述べた歌も多い。簡単にいえば、ここでいう万葉びとの生活圏は目で見通すことのできる範囲であり、青垣山という垣根あるいは壁で囲まれた空間と理解して大過ない。

数字で言えば、『万葉集』に登場する総地名数一二〇〇の内、実に三〇〇は大和関係の地名なのである。同じ地名が何回登場しても一回として数えても、実に四分の一が大和関係の地名なのである。おそらく、万葉の時代の政治の中心が飛鳥・藤原・平城京にあり、そこが文化の中心であったことが、この背景にあることはいうまでもない。さらに付け加えるならば、文字文化の浸透度が、大和とそれ以外の地域とでは大きな差があったものと見られ、他の地域において歌を文字で記述することは困難であったことが予想されるのである。

律令国家成立期の文芸

この奈良盆地の諸地域に根を張った豪族の連合体が形成され、連合政権の頂点に立つ大王がのちの天皇家に繋がるというのが、大つかみの万葉前史ということができる。この古代国家は、やがて中国から漢字・律令・都城制・儒教・仏教などを導入することで急速な中央集権化の道を進むことになる。そんな時代の歌を、奈良朝末期あるいは平安初期に集大成したのが、いわば『万葉集』なのである。とくに、

『万葉集』の巻一・巻二は歌で綴る「宮廷の歴史」といった観があり、天皇の御代ごとに時代順に歌の配列がなされていて、きわめて公的色彩が強い巻になっている。そして、そこに登場する歌の世界は圧倒的に大和を中心とした世界なのである。

古代国家の展開を考える上で、どこに大きな切れ目を置くかは、歴史学や国文学でもその立場によって別れるところであるが、私は藤原京の創都と大宝令施行を中心に考えるのがもっともよいと考えている。つまり、七世紀と八世紀の交を以て、律令国家の完成と考える見方である。藤原京に天皇の居所が移されたのは六九四年であり、一九九五年は藤原京創都一三〇〇年のイベントが行なわれた。実に『万葉集』の巻一・巻二の原型となる部分は、この藤原京の時代にすでに形成されていたと考えられ、その痕跡を『万葉集』中に見いだすことができるのである。

三輪山惜別歌

簡単にいえば、『万葉集』は奈良盆地を第一次の生活空間とし、その大和を中心に成立した律令国家の担い手たちの文芸であると総括することができるのである。そんな盆地生活者が、峠を越えて盆地の外に出る時の心情は、現代人のわれわれには共有しにくいものである。つまり、山を越えると生活圏が見えなくなってしまうのであり、そこに万葉びとは押さえがたい気持ちの高ぶりを感じたようである。一例に、奈良盆地の北辺奈良山を越える額田王《ぬかたのおおきみ》の歌を挙げておくことにするが、紙数の都合から、長歌は省略して反歌のみを記しておきたい。

三輪山をしかも隠すか　雲だにもこころあらなも　隠そうべしや　（巻一の一六）

額田王は、明日香から近江に向かう途次、三輪山の見えなくなる奈良山で、三輪山への別れの歌を作ったのである。そして、重要なのは三輪山が奈良盆地で生活するものにとってシンボリックな機能を持った聖地であったことも忘れてはならないであろう。三輪山は山そのものを神の体とする山であり、神話の舞台なのである。その三輪山を常に仰ぎ見て生活していた万葉びとのひとりに額田王もいたのである。額田王は、大和への断ち切れない思いを胸に、三輪山をいつまでも見ていたいと絶唱したのであった。

私の勤務先の大学は奈良山丘陵の一角にある。晴れた日には、その教室の窓から三輪山を見渡すことができる。この三輪山惜別歌の講義をする時には窓を開けて話を進めるのだが……、果たして奈良で万葉を学ぶということの「幸せ」を、わが親愛なる学生諸姉諸兄はどこまで理解してくれているのか、一抹の不安が残るところである。ただ、私も学生たちも盆地生活者のひとりであることだけは、間違いない。

万葉びとの視覚と聴覚

季節と情操

アメリカの大学で『源氏物語』の授業をしたある教授は、虫の音で秋の訪れを感じるという部分を講読したところ、質問ぜめにあったという。虫の「ノイズ」でなぜ、秋とわかるのか？……と。教授によれば鈴虫の音を風情として捉えるのか、雑音として捉えるのか、文化によって差異があるというのである。特定の音を感知した場合、それが雑音の部類に仕分けされるのか、音楽の部類に仕分けされるのかという違いがあるというわけである。

つまり、特定の景色や特定の音と情操とが結びついていると考えねばならないのである。桜の花が咲くと、一升ビンとゴザを持って走りだすという習性のある人もいるが、これも特定の景に対する反応と見てよいだろう。

文化の違いと反応差

もちろん、それには文化によって「違い」と「差」があるのである（優劣ではない）。こちらはカナダの大学で教鞭を執っていた別の教授の話。カナダの紅葉は日本の比ではないほど美しいのに、日本人のように紅葉をわざわざ見に行く人は少ないという。もちろん、紅葉を美しいという気持ちは同じであろうが、反応となる行動は違うのである。つまり、ものを見たり、聞いたりして美しいと思うのは、生後に行なわれたトレーニング（学習）の結果なのである。もちろん、知らず知らずのうちに、学習をしている場合もあるし、意識してトレーニングすることもある。味についても、それはしかりで、私には一本千円のワインも、十万円のワインも同じように感じてしまうのだが……。

鹿の声

万葉びとが、繊細に感じとった音に、鹿の鳴声がある。「鹿の鳴声」と「秋萩」は、秋の音と景を代表するものとして歌われていることが多い（万葉でセットになるのは、鹿と紅葉ではなく鹿と萩である）。『万葉集』には、

大伴《おほともの》　坂上郎女《さかのうえのいらつめ》、跡見《とみ》庄にして作る歌二首

妹が目を初見《みそめ》の崎の秋萩は　この月ごろは散りこすなゆめ
吉隠《よなばり》の猪飼《ゐか》ひの山に伏す鹿の　妻呼ぶ声を聞くがともしさ

（巻八の一五六〇・一五六一）

という歌がある。一首目では、秋萩よ散るなと歌い、二首目では鹿の妻を呼ぶ声が現在ひとりの私にはうらやましいと歌っているのである。万葉びとが、このように萩と鹿の声をセットで歌うのは、ともに秋を代表する大和の景と音であり、それは同時に万葉びとの情操をくすぐるものだったからである。

情感・文学の伝統

こういった景と音に対する反応は、歌を支える情感・情操となっていく。おそらく、これは日本の風土から発生・成立したものであると思われる。なぜならば、〈萩の開花〉と〈鹿の発情〉が同時期であるということを生活のなかで実感しなければ、こういった情感が多くの人びとに共有されることはないと思われるからである。けれども、風土が同じならば、必ず同じような情感が形成され、そこから文学の伝統が生まれるかというと、そうではない。それには、そう感じるための「学習」が必要だからである。

私の担当するゼミナールの学生には、鹿の鳴声を聞くことも、万葉を学ぶ者の勉強のひとつと指導している。

聞こえない声を表現する

鹿の鳴声に対する磨ぎすまされた万葉びとの感覚を知ることのできる歌がある。

夕されば小倉の山に伏す鹿の今宵は鳴かず　寝ねにけらしも

（題詞省略　巻九の一六六四）

つまり、作者は毎日鹿の声に耳を澄ましているから、鳴声が耳に達しないと「寝てしまったのかなぁー」と「伏す鹿」を想起したのである。……なんと、繊細な聴覚だろう！

ふたつの未来観

万葉の春

一九九五年二月に世を去った恩師・櫻井満が、よく揮毫《きごう》した言葉がある。それが「万葉の春」である。その櫻井教授は、立春の前日に逝ってしまった。端的に言えば、『万葉集』は春の歌集であるというのも、櫻井教授の言葉であった。

『万葉集』四五一六首。巻一の巻頭である国歌大観番号一番歌は、雄略天皇の御製歌であり、それは若菜摘みの歌である。

一番歌に対して、『万葉集』巻二十の巻末歌、つまり最後の歌も初春の雪をうたう大伴家持《おおとものやかもち》の作品である。

三年春正月一日、因幡国庁にして、饗を国郡の司等に賜ふ宴の歌一首

新《あら》しき年の始の初春の今日降る雪の　いや重《し》け吉事《よごと》

右の一首は守大伴家持作れり

（巻二十の四五一六）

天平宝字三（七五九）年の正月、家持の赴任していた因幡の国庁には、雪が降ったのであろう。新年

の雪は吉祥（めでたいしるし）である。家持はうたう。年の始めの今日降っている雪のように、いよいよ重なれ、よいことがと。

春に始まり、春で終わる

春に始まり、春で終わる歌集。それが『万葉集』なのである。もちろん、これは偶然ではない。編纂者の意図によって、四五一六首の冒頭に据えられ、四五一六首めの歌集の閉じ目に据えられているのである。簡単に言ってしまえば、「祝福」の意味が込められている。祝福をせんがために、冒頭に終末にこれらの歌が、置かれているのである。

永遠の祝福

「来年はよい年に、来年はよい年に」と思いながら、人は年を重ねてゆく。また、来年はよい年に、来年はよい年にという人びとの願いをよそに、歴史は進んできたのであろう。おそらく、終末歌である家持詠はこの歌集をひもとき、この歌集に学ばんとするすべての人びとに対する祝福であるといえるのである。

ふたつの未来観

ところで、これは解剖学者の養老孟司さんの言葉だが、近代科学を誤って理解している人は、時として明日のことが完全に予測できるかのごとき幻想を持ちやすいという。どんなに精緻な理論をもってしても、予測は予測でしかないということを、人はついつい忘れてしまう。震災もそのひとつであると養老さんは言う。

とすれば、われわれに残されているのは、ふたつの生き方だろう。ひとつは、世のなかに常なるものはない。だから、無常の世のなかを生きるのに重要なのは、ある種の諦《あきらめ》であり、そういった「諦観《ていかん》」を早く自分のものにすべきであるという考え方である。鴨長明や吉田兼好のような中世の隠者の思想である。

もうひとつの生き方は、予測できない未来なら、それがよきものであることを願おうという生き方である。もちろん、家持の「いや重け吉事」という言葉での祝福は、この未来観に近い。「祝福」か「諦観」か。

言葉・このやっかいなもの

毎年、わが家のお正月は喰う・寝るの正月である。これでは、初詣の学業成就の祈りも通じまい。本年はよい論文を書きますと神仏に誓いを立てたのにもかかわらず、このありさまである。言葉とは実に便利なものである。と同時に、簡単に人や、時として神までも裏切る。しかし、そんな浮気者を信じて、投票者は一票を託すし、プロポーズの言葉は男と女の一生を左右する。言葉このやっかいなもの、そうであるがゆえに尊きもの。

言霊思想

作家の井沢元彦さんが、言霊《ことだま》ということを題材にして、多くの小説や日本文化論を展開したせいもあって、大学での授業や講演会の後の質問で「言霊とは何ですか」という質問を受けることが多くなった。その時には次のように答えるようにしている。言霊とは、言葉そのものに霊《たま》があると感じ、その霊に呪力《じゅりょく》があると信じる思想です。さらに言うならば、その呪力は言葉を音声にすることによって発動する。例えば、「よいことを言えば、よいことが起き」「悪いことを言えば悪いことが起きる」といった具合である。こういった言葉に対する思想が、古代における言語生活を規制しており、古代文学の研究の第一ページは「言霊」からはじまるといっても過言ではない。万葉びとは、こういった言葉の霊力に対する信仰を持って生活をしていた人びとである。

磯城島の大和の国は　言霊の助くる国ぞ　真幸《まさき》くありこそ

（巻十三の三二五四）

祝福と禁忌

しかし、こうした言葉の力の大きさを日本人はよく知っているがゆえに、言霊の力を安易に発動させることを厳しく自制したようである。この言葉に対する自制が、社会的には禁忌（タブー）として共有されることもある。結婚式のスピーチで、「切れる」「重なる」という言葉が嫌われるのはそのためである（「悪いことを言えば悪いことが起きる」）。

半面、当然言葉の力による祝福ということもある。「明けまして　おめでとうございます」というのは、正月を迎えた慶びの言葉であるだけではなく、この一年という来るべき「未来」を祝福する言葉でもある。つまり、言霊の力はプラスにもマイナスにも働くものであるがゆえに、その使い方には慎重にならざるを得ないのである、少なくとも言霊に対する信仰を持っている人びとにとっては……。宮中の歌会始めも、年頭の言葉による祝福の行事と見てよいのである。

言葉の力

反面、われわれは政治家の虚しい言葉（公約）に代表される言葉の無力さを、日頃の生活で実感している。つまり、現実とはかけ離れた虚の世界をわれわれの眼前に見せてくれるのも言葉の力なのである。

もちろん、そんな言葉を利用して、文学は成り立つのだが……。われわれが言葉の力を信じなくなっているというのも、どうやら事実のようだ。

しかし、このやっかいな性質のある言葉を信じなければ、われわれは結婚もできない。換言すれば、人を信じることすらできないのである。とすれば、答えはひとつ。言葉に力を与えるような行動を自らに、厳しく課すことが肝要だろう。それが、言葉の力を回復させる第一歩と言うべきか。

科学と想像力

滝蔵神社

三十代、桜井市の滝蔵神社の年中行事を調査していた。近鉄の長谷寺駅から車で二十分。長谷寺の奥の院である滝蔵神社は奥山の峰にそびえる社である。長谷寺の元の地主神という伝承があるから、古典でいうなら「国つ神」というところか。

滝蔵山の自然林は、実に見事なもので長谷寺の前にそびえる与喜山の自然林とともに、奈良を代表する自然林である。山と森に守られたこの社にお参りをすると、日常生活で溜まった垢のようなものが取れるような気がする。信仰心などまるでない私だが、地元の人びとの熱い人情もあってか、この滝蔵神社には現在も通っている。

日本の自然神

夏の暑い日には、神社のお堂で昼寝をさせてもらったこともあるが、ここ数年でもっともさわやかな目覚めであったような気がする。ここは私にとって大切な場所のひとつである。日本の自然神は山や森、はたまた泉や岩に宿る神であり、見る人がそれを神と感ずるかどうかは人のほうにかかっている。このような、日本の神のあり方について、近畿大学の野本寛一教授は「環境神」と呼ぶことを提唱している。森を守るということが、心の問題につながることもあろう。滝蔵の人びとがいつまでも、この社と森を守ってくれることを願って止まない。

葛城一言主神社

神社仏閣という建物よりも、立地や環境という「場」のほうが、むしろ日本人の神観念にとっては重要であると、私は考えている。つまり、日本の神は「場」に依存する神という奇弁も成り立つかもしれない。

もう一社、私の好きなお社を紹介しておこう。御所市森脇の一言主神社である。葛城山の麓《ふもと》の神社からの眺めは、日本の古代史や古代文学そのものを眺望する感じがして、好きな社である。樹齢何百年とも知れないこの社の大銀杏を見ていると、時を忘れてしまう。ここでも、懇意にしている伊藤典久宮司に頼んで、昼寝をさせてもらったが、気持ちのよい寝覚めであった。

何だか私には、変わった癖があり、気に入った社があると、何もかも忘れて昼寝をしたくなる。というのは、そういった場所で昼寝をすると、決まって研究のよい着想を得るような気がするからだ。この話をある友人にすると「君も科学者のひとりなのだから、そんな非科学的なことを口外してはいけない」と注意されたが、そういった感覚が私にはある。

科学と想像力

私の専攻するのは『万葉集』を中心とする日本の古代文学であり、研究を標榜する以上は「科学」の子である。簡単に言えば、誰でも同じ手続きを踏めば、同じ結論の出ることをめざして論文を書いている。もし、私にしかわからない「事実」というものがあり、それを他人にわかるように伝えることができないとすれば、それは「科学」とは言えない。なぜならば、瞑想《めいそう》中に幽霊を見ましたというのと同じで、「実証」のしようがないからだ。だから、「想像」は科学ではない。たとえ、どんな立派な「想像」をしたとしても「実証」ができなければ、科学ではないからだ。

しかし、「想像力」は科学にとっても必要である。どうして、万葉びとはこういう表現法を用いたのだろうかと、いつも想像している。想像力が研究のエネルギーになることも事実である。けれども、それも実証されなければ、科学ではない。仮に、お堂での昼寝をしてどんなによい霊感を得たとしても、それが実証されなければ科学ではないのである。ところが、「想像力」がなければ、実証の元となる仮説を立てることもできないのではなかろうか。「想像」は「科学」ではないが、「想像力」がなければ「科学」は成り立たないというのは恩師・櫻井満の言葉である。

私の場合、その想像力はどうもお堂で昼寝をすることで、補充されているような気がするのだが……。ただ、それは、未だに実証できていない。

オウム真理教事件は、われわれに宗教について考えさせる機会を与えたのだが、その実、これは現代人と科学の問題として考えるべきかもしれないと思っている。

歩くスピードで考える

実験歴史学

毎年、三月のはじめに、伊勢まで徒歩旅行をしている。四泊五日の伊勢本街道の旅である。体重八〇キロのわたしには、辛いところだが、完歩時の冷たい水は何物にも代えがたい味である。まさに、甘露だ。さらには、道中の尽きるともないおしゃべりも、これまた楽しい。こう書くといかにも主催者のようであるが、実は筆者は連れて行ってもらうだけで、すべては学生が手配を行なっての旅である。

旅の仲間の名称は「宝来講」。これはこの講の始まった奈良大学の前の校地から取っている。奈良大学史学科の鎌田道隆教授のゼミナールの学生を中心に、毎年企画されているこの徒歩旅行も、一九九六年には十一回目を迎えた。鎌田教授は、著名な近世史家であるが、学生とともに江戸時代の人びとと同じような経験をし、そこから時代を考えようと、江戸時代の旅装束での徒歩旅行を思い立ったという。自分で草鞋《わらじ》を編み、蓑《みの》を作って、着物を着ての旅である。衣装と持ち物は、道中記などの江戸時代の文献に基づく考証によって復元している。映画のロケ隊のような一行が、奈良盆地を南へと闊歩《かっぽ》しているのを見た読者もいるかもしれない。教科書では学べない歴史を実感する旅の始まりである。名付けて実験歴史学。大学の名物行事となり、五〇人が伊勢をめざして歩きに、歩く。

歩くスピードで考える

ちなみに一日目は、朝八時に近鉄京都線高の原駅にほど近い大学を出発して、夕方六時に長谷寺に着くといった具合である。電車で一時間とかからないところを、一日歩いているわけである。寒い時には寒い思いをし、ひもじい時にはひもじい思いをする旅である。

奈良大学に赴任したその年から参加させていただいているが、四回とも同じ道を歩きながら、一度として同じ旅はない。というのは、雨の降る日は雨混じり、雪の降る日は雪混じりの旅であり、時には道に迷うことすらある。また、お腹を下している時もあれば、足を引きずっていることもあったりして、徒歩の旅行はその時々の体調によって、見える景色も全く違うのである。徒歩の旅のもうひとつの楽しみは、道草である。私と同じく宝来講のファンである浅田隆教授（近代文学）は、山道のふきのとうの採集に余念が無い。翌朝、ふきのとうを刻んで味噌汁に入れると、「春」を胃袋に入れて吸収したような気分になる。

先日、詩人の寺田操さんの話を聞く機会があったが、歩くスピードで物を見たり、考えたりする時、人は詩人になれるという寺田さんの言葉を聞いた。なるほど、伊勢まで四日もかけて歩かなければ、足の痛みを感ずることもないし、ふきのとうの味噌汁の味で「春」を実感することもなかったかもしれない。そういえば、芭蕉の俳句に「山路来て何やらゆかしすみれ草」というのがあった。歩くスピードで物を見なければ、芭蕉も山道のすみれを「何やらゆかし」とは思わなかったであろう。

今後も、奈良盆地の隅々までも歩き、そこから万葉びとの生活と心情を明らかにしたいと考えている。もちろん、歩くスピードで考えるということを忘れずに……。

中日文化比較研究国際学術研討会に参加して

天国の改造

一九九五年の春、「第一回中日文化比較研究国際学術研討会」という研究集会に参加した。主催は蘇州大学中日比較文化研究所で、三月二十五日から二十九日まで、同大学で行なわれた。年配の方なら、蘇州といえば渡辺はま子が歌って一斉を風靡した「蘇州夜曲」を思い出すかもしれない。この歌で水の都と讃えられた蘇州に対して、蘇州人は次のような言い回しを好む。天に天国があるなら、地には蘇州と杭州があるさ。中国人が天国にも例える理想の地のひとつが、蘇州なのである。しかし、天国にも再開発が必要らしく、街は高層ビルの建築ラッシュに沸いていた。ところが、この光景に私は何だか不思議な懐かしさを感じてしまった。はじめてなのに妙に懐かしいのである。瓦礫の山の隣のビル、もっこを担ぐ人びとの小走り。不思議な懐かしさはこの辺りから来るようだ。そうだ。これは高度経済成長期の日本では何処にでもあった光景である。天国にも再開発の波が押し寄せていることを知った私は、この改造進む天国での研究集会・シンポジウムに臨んだ。

日本人の研究者に対する批判

まず、研究集会は中日比較文化研究所長主任・梁継国氏の基調演説からはじまった。このなかで印象に残ったのは、従来の日本と中国の比較文化研究に対する批判である。日本人の中国文化研究が、ややもすれば日本文化のルーツ研究に過度に傾斜していないかという問いは、日本人研究者には少し耳の痛いところである。梁氏はその返す刀で、韓国における日本文化研究にも次のような批判を加えた。韓国の日本文化研究は、日本文化のルーツを朝鮮半島の文化に結びつけ過ぎているのではないか。私にはこの二つの問いが、たいへん興味深いものに映る。それは、川を遡って源流を究めるというような発想法で文化を考えることの限界を教えてくれるからである。さらには、比較文化研究の持つ、危険性のようなものを、私はこの講演から学んだような気がするのである。東アジアにおける比較文化研究が、大東亜共栄圏構想を正当化・合理化するために利用されたという失敗の歴史が、すでにあるからである。東アジアにおける比較文化研究は今後さらに重要度を増すであろうが、ルーツ追求型の研究に潜む民族意識の起伏には注意が必要であろう。東アジアの比較文化研究の科学的・実証的な方法が確立されることが、急がれるのである。

日中研究者のすれ違いと空振り

二十五日の午後から行なわれた分科会では、五〇名近い日中の研究者が、「言語文化分化会」「文学文化分化会」「人文・宗教・教育文化分化会」の三分科会に分かれて、研究発表と討論を行なった。私が参加したのは文学文化分化会で、二日間にわたり熱心な討論がなされたのが印象的であった。九名の発表者がひとり持ち時間を一時間として、発表を行なったのであるが、熱心な討論の前に時間が足りるはずもなく、十一時間に及ぶ意見交換がなされた。こういった長い討論を成し遂げたという満足感はあるのだが、その反面、なにかこの討論がすれ違いに終わっていないか気になるところがある。文学文化分化会は日中双方の文学研究の現状を踏まえて、その比較を行なうセッションなのだが、中国側の研究者の関心は日本の近代文学の形成過程にあり、日本側の研究者の関心は主に中国の古典世界にあって、討論の方向が定まらなかったといえよう。

中国側が日本の近代と現代に深い関心を示したのに対して、日本側は中国の過去の文化遺産に傾斜して、討論を組み立てようとした感がある。これには、二つの理由があるように思われる。ひとつめの理由としては、この研究集会の呼び掛け人である中日比較文化研究所長主任の梁継国氏が、『万葉集』の研究者であり、日本から古典研究者が多く招聘されていたことがあげられよう。しかし、理由はそれだけではなさそうである。中国における日本文学研究の大部分が近・現代文学に集中していることも、その原因のひとつであると見ることができる。たしかに、日本語の習得そのものが難しいのだから、研究の関心が古典に向かうことは少ないのは当然といえば当然である。また、日本の文学は中国の文字や文学を学ぶところから出発しており、日本の研究者の関心が過去に向かうことはやむを得ないことであろう。しかし、欧米の日本学研究者が古典研究の上でも優れた業績を上げている現在、中国における日本文学研究が著しく近・現代文学に集中していることは、注意しなければならない事実である。このほか、中国の日本文学研究の中心が未だに紹介や翻訳中心であることも明記しておく必要があるだろう。もちろん、これは傾向を述べただけであり、一九九五年度の上代文学会賞が胡志昂氏（上海・復旦大学教員）に決まるなどの快挙もある。

これに対して、日本人研究者の関心がもっぱら中国の古典世界に向いていたことも、注意しなければならない。もちろん、東洋史などでは世界の研究をリードしている日本なのであるが、こと日本人の日本文学研究者の関心は、中国の古典世界に集中しているといっても過言ではない。近代以前においては学問と言えば、漢籍を学ぶことであったことを考えると、当然と言えば当然なのだが、中国の近・現代に対する関心が薄いことにも驚かされる。

こうして、われわれの分科会の討論は時にすれ違い、時に空振りとなることも、多かった。聞けば他の分科会についても、同じような状況であったという。討論の為の土俵作りがなされていなかった結果であろう。その意味では、今回の研究集会は失敗であったかもしれない。しかし、今回の研究集会の最大の収穫は、この「すれ違い」「空振り」にあると、私は現在ひそかに考えている。それは、「すれ違い」「空振り」を通して、互いの研究の視点の違いを、日中の研究者が認識することができたからである。「中日比較文化研究」といっても、中日の研究者の関心はこうも違うものかと、感じ取ったのは私だけではなかったと思う。対話とか交流というものは、たぶんこういった互いのギャップを認識し合うことから始まるのものなのだろう。

成長期の思想を模索する中国

シンポジウム終了後、訪れた蘇州城外の寒山寺には、日本人の観光客で溢れていた。日本人観光客は争って、鐘楼に登り鐘をつく。有名な張継の漢詩「楓橋夜泊」に登場する鐘声、すなわち「夜半の鐘声客船に到る」の鐘をつくのである。もちろん、鐘は近代のもので張継の時代のものであるはずもない。しかし、かの有名な寒山寺の鐘をついて帰ることが、何よりの土産話になると、実は私も考えたのである。お別れのレセプションでは「日本の学者は古典趣味。中国の近・現代を見てほしい」と皮肉られたが、むべなるかなである。その寒山寺からの帰り道、再開発の進む街を通り抜けたくなり、バスから降りたのだが、そこには、冒頭に述べた妙に懐かしい風景が広がっていた。中国式ではあるが、久しぶりにヨイトマケも見た。こちらは天国の改造に余念がないようだ。さらに歩くと、道端で露店に出会う。海賊版とおぼしき酒井法子のカセットが目についた。見れば、これもまた海賊版とおぼしき日本の小説や漫画が山のように積まれている。

中国側の研究者が日本の近代化をことさら問題にするのは、中国における成長の思想のようなものを、日本の近代に模索するためではないか。そういえば、つい最近まで日本の学者の大きな仕事は、外国の理論の紹介であった。とにかく、成長に役立つものは何でも吸収しよう、有り体にいえば成長期の思想とはそんなものだ。成長そのものが絶対にプラスの価値であるとすれば、それに寄与するものは何でも取り入れる。成長に必要ならば天国も改造する、そういう屈託のない底抜けに明るい成長期の思想に、この研究集会で、久しぶりに出会うことができた気がする。

中日比較文化研究の発展のために

中国悠久の歴史に学ぼうとする日本人研究者と、成長期の思想を模索する中国人研究者。ギャップがあるのは当然である。「すれ違い」「空振り」の理由を自分なりに納得しようとして、以上のような自己分析をしてみた。東アジアの比較文化研究は常に、過去の不幸な歴史からデリケートな問題がある。とくに、比較文化研究は民族意識とあいまって、政治的利用をされやすい。それだけに、比較文化研究の確固たる方法の確立が、いち早く求められる気がしてならない。私はその第一歩として、対話と交流が必要なことは認めるのだが……、問題はむしろその後ではなかろうか。それは「すれ違い」「空振り」

の理由を、互いがじっくりと考えることだろう。標語にしてしまうと、薄っぺらなまとめとなるが、「すれ違いと空振りに学べ」――これが、この研究集会に参加しての最大の収穫である。

四　古典おもしろ第一主義——それでも古典をと言いたい

それなりに、紅顔の美少年だった高校生の私。じつは、このころから、髪型は真ん中わけである。それは、尊敬する高橋是清の青年時代の写真にあやかっている。もちろん、おめかしして撮ったセルフポートレート。文化祭である。たぶん、よからぬ下心があったに違いない。

私は古典おもしろ第一主義でいきます！

多くの古典研究者がひそかに思いながら、絶対に口外しないことがある。それは、古典など学んでも、屁のつっぱりにもならないということである。学生はもっとシビアで、国語の教員を目指す者以外は、必要なのは単位だけ。日本文学科、国文学科は不人気学科のひとつだ。

そんな時代に私は、今日もおへそにピアスをした学生に、万葉の世界を熱く語っている。そういえば、私とて学生時代に受けた授業のなかで、印象に残る古典の授業など数えるほどしかない。

では、なぜおもしろくないのか？　それは、多くの古典の授業が、解釈のための技術を教えるからである。そんなものは、試験が終われば、何の価値もない。

だから、私は大学の一年生と二年生に対する授業は、おもしろ主義に徹することにしている。つまり、何をさしおいても、「万葉集って、おもしろい！」と思ってもらうことに、全力を傾ける。つまり、万葉集も捨てたもんじゃない、と思わせることに全力投球しているのである。ちなみに、一、二年生用の授業では出席を取らない。目指すは、出席を取らなくても聴きたいと思う授業である。

まず、授業では訳文から教えることにしている。それも、「直訳」ではなくいわゆる「超訳」から入ることにしている。こんな具合だ。

デートも、回数を重ねると、男女の付きあいも馴れあいになる。だから、時にはすっぽかしてしまうこともある。しかし、先にすっぽかしたら最後、ちくちくといびられるぞー。そんな男女の呼吸のようなものを歌った女歌がある。見てみよう。

来ようといってさー
すっぽかしちゃうこともあるのにだよ
来ないって言っているアンタを
来るだろーなぁーんて
待ったりしませんよーダ
来ないよって言ってるのに……。バーカ。

（巻四の五二七）

それを奈良時代の人はこう書いた……「将来云毛　不来時有乎　不来云乎　将来常者不待　不来云物乎」（原文）と万葉仮名を教え、次に「来むと言ふも　来ぬ時あるを　来じと言ふを　来むとは待たじ来じと言ふものを」と書き下し文を教える。

すると多くの学生たちは、示した「超訳」に意訳したり、補ったりした部分があることに気づく。それがわかれば、万葉びとの気持ちがわかったことになるのではないか。

以上を原文から教え、解釈文法で解説すると、その間に聞き手は寝てしまうだろう。助動詞の働きなんて、あとでいい。

もちろん、高校の受験古文ではそうはいかないし、解釈文法の習得こそ、古典学習の基礎であるという批判もあるだろう。しかし、学ぶことの楽しさを教えない限り、何もはじまらないのではなかろうか。

私は、そう考える。

最近の語学番組では、話せるとこんなに楽しいことがあるよと、アイドルが英語で外国のスターにインタビューしている。必要なのは、動機付けではないか。かつて、犬養孝は万葉歌を歌うことを提唱し、そして自ら歌った。多くの人びとは、犬養の歌で万葉の世界にいざなわれたが、研究者たちはそれを冷笑した。私も、そのひとりだったかもしれない。

しかし、今、私は私なりの朗読と、いわゆる「超訳」で万葉の世界を熱く語ろう、と思う。古典を読めば立派な人間になれる。そんなのはウソだが、とにかくおもしろいよ、見ていらっしゃい、聞いていらっしゃいと。以上のような思いを込めて、私は万葉集のホームページを開設して、いわゆる「超訳」をネット公開するようにした。まずは楽しさを発信することが先である、と信じているからである（上野誠の万葉エッセイ　http://www.manyou.jp/）。

ライバル研究者たちのうわさは多少気になるが、私は万葉おもしろ第一主義で行こうと決めた。ちょっと恥ずかしいけれど。

旧聞日本橋、異聞

ゆえあって、屋号は伏せるが、日本橋には、かなり通い詰めた蕎麦屋が、かつてあった。主人自らが打った蕎麦しか出さないので、夜は七時には売り切れ御免となってしまうほどだったが、前日に電話一本入れておくと、二階の座敷で懐石も出してくれるという変わり種の蕎麦屋だった。しかし、その懐石の味が尋常なものではなく、有名料亭と肩を並べるほどなのだ（いや、それ以上。淡白にして過不足のない味だ）。私は、その技量に驚き、不思議に思っていた。私が、その理由を聞き出したくて主人を褒めそやすと、

「だんなさん、そんなこと言っちゃあ、いけませんぜ。私らは一日にひと組の懐石だからこの味になるので、大きな料亭では、たくさんの客に料理を出さなくちゃいけない。だから、味が落ちる。私の店で客を二組受ければ、味はガタ落ちになってしまいます。だから、大きな料亭は、あれだけ手広くやって、あの味なんだから、すごいんです。比べられるもんじゃあない。店を大きくしても、味が落ちないところがすごいんです。だから、料理人としては、私のほうが下なんですよ。先生様に、お説教しちゃいけねえが……。」

私は、この主人の人柄に惚れ込んで、上京の折の出版社との打ち合わせは、必ずこの蕎麦屋の二階で

行なっていた。そして、出版の話がまとまると、忠臣蔵を洒落込み、鼻の詰まったような声で、「蕎麦屋の二階で、腹ごしらえ！　おのおのがた討ち入りでござる！」

と長谷川一男の声色を披露したものだ。

ただ、とある一件から、私はこの蕎麦屋に行かなくなってしまった。主人にはよくしてもらっていたし、東京にいる愛人と密会する時は、勝手口から二階に上がることができたので、絶対に顔さしがなかったから、好都合な店だったのだ。それに、女将が粋なはからいで、寝床を用意してくれることもあったので、つい朝までということもあって、ご主人にも、女将さんにも頭が上がらなかった。しかし、ちょっとした諍いで、私の足は、この店から遠のいてしまった。

というのは、主人が、ある日色紙を持って来て、なにか一筆を……と言ってきた。私は悪筆なので、一度は断ったが、やはり、そこはもの書きの端くれ、まんざらでもないから、揮毫を引き受けた。たぶん、でたらめな祝句を書いたと思うが、今その文句を思い出せない。かの日は書生たち十五人と、さんざん飲み食いして、いざ御愛想というと、色紙揮毫料と相殺だという。「お代はいただきません」と言うのだ。そんな馬鹿なことがあるものか。二十年前とはいえ、十万はするだろう。私が、それでは、私に歩がよすぎるから、お代を受け取ってくれと言うと、主人は頑として受け取らぬと言い張る。押し問答の末、主人はこう言った。

「先生、先生様よ。うちの料理と酒は、売りもんだ。商売もんだ。だから、代を取る。先生はもの書きで、文を売って、飯を食っているのだとしたら、色紙の一枚も、商売もんのはず。そいつを、タダじゃいけません。先生も真剣勝負、私らも真剣勝負。今日のお代が、今日の色紙代です。これでお相子だ。」

もう、こうなっては、どちらも引くに引けない。そこで、私は、刀を鞘にいったんおさめることにした。翌日、私は書生に代を届けさせたが、それでも、主人は頑として受け取らぬ、と言う。そんなこんなで、私の足は、その蕎麦屋から、遠のいてしまった。噂で聞いたところによれば、若い時に、京都の名のある料亭で修業し、その娘さんと祝言を挙げることになっていたのだそうだが、ちょっとしたもめごとがあって、話は破談となってしまって、蕎麦屋をはじめた変わり者だという。私は、そうだったのかと驚きもし、合点もいった。けれど、あの気風のよさは、今もって忘れられない。

それから十年も経ったある日のこと。研究室に、突然の来客があった。助手が言うには、あの蕎麦屋の女将だという。教授会が終わって、息を切らせて研究室に戻ると、上品な大島を着た女将がいた。あの女将だ。私が、意地を張った十年前のことを詫びようとすると、なぜか女将は、話を遮った。

「先生！　主人は去年の十二月……。」

あぁ、そうか、と私はため息を吐いた。主人が亡くなったというのだ。女将が言うには、主人との和解の印に、もう一枚、今一枚の色紙を書いてほしいと言う。私は思案の上、天智天皇が亡くなった折に、倭大后がお作りになった時の歌を書いた。次の歌だ。

　天皇の崩りましし後の時に、倭大后の作らす歌一首

人はよし　　他人のことはどうだか知らない……
思ひ止むとも　　たとえ他人は思うことを止めるかもしれない——
玉かづら　　（でも私は）玉かづらではないけれど……
影に見えつつ　　かの人の面影がしきりに見えて
忘らえぬかも　　忘れられない（けっして、けっして）

（『万葉集』巻二の一四九）

私は、若き日の強情を恥じるとともに、あの蕎麦屋の二階で食べた料理の味を思い出した。そして、蜜のごとき蕎麦屋の二階での情事のことも思い出した。不謹慎とは思いながらも。

合掌

兼好の名言、旅人の名言

生きとし生ける者
ついには死を迎える
ならば、この世にいる間は……
楽しく生きなきゃー、ソン！

（大伴旅人『万葉集』巻三の三四九、拙訳）

位牌とアルバム

愛する人を失った悲しみを書いた小説『世界の中心で、愛をさけぶ』がベスト・セラーになり、また『大往生』『遺書』なる書名を持つ本もたいへんな売り上げを記録し、版を重ねているという。ひょっとすると、日本人が忘れかけ、日常生活から遠避けていた「死」を再考する時代がやってきたのかもしれない。ならば、古典の名言は、この人生の根本問題についてどのようなメッセージをわれわれに与えてくれるのだろうか？

先日、新潟水害の避難所で、ボランティアとして働いていた学生と研究室で話をする機会があった。

彼は「お年寄りの人は瓦礫から位牌を持ってきて枕元に置いているんです。位牌というのはそんなに大切なものですかねえ」と不思議そうに話していた。これは、民俗学によってすでに明らかにされていることなのだが、家の祖先祭祀の断絶を恐れて、災害時にその祭祀の対象となる位牌を持ち出すという行動パターンがあることは、よく言われていることである。しかし、家の祖先祭祀自体があまり意識されなくなった今日では、位牌の代わりにアルバムを持ち出す人も多いという調査結果も出ている。第一、仏壇の無い家も多い昨今である。しかし、位牌とアルバムに共通しているのは、どちらも過去の自分と現在の自分を結ぶ証となるという点であろう。アイデンティティという言葉で説明するのが早道かもしれない。つまり、自己の存在を確認する証として心のより所になるものが、位牌とアルバムなのである。

授業中に「突発的災害に見舞われ避難する場合、現金・印鑑・通帳・当面の生活物資のようなものが確保されたあと、何を持って逃げるか」ということを、学生に質問したことがある。予想どおり、ほとんどの学生はアルバムと答えたが、約一割の学生は位牌と答えていた。ちなみに、その学生は全員、二世代同居者であった。

死を意識した夜

私事にわたって恐縮であるが、しばしのご辛抱を願いたい。私は次男であるが、最終の住みかとなるべきお墓を、故郷の九州・福岡に持っている。これは、祖母からプレゼントされたもので、菩提寺の納骨堂建立に出資した関係で、祖母が自動的に手に入れたものである。小学生だった私を納骨堂に呼んだ祖母は、その一角を指差して、この場所が将来私の墓になることを告げたのであった。深い意味を理解していたとは思われないが、突然の恐怖が少年の日の私を襲い、その夜は一睡もできなかった。生前に墓を建てる寿陵の風は縁起のよいことであるというが、それは、はじめて「自己の死」を意識した夜であった。

その祖母も三十年前に他界。遺品の整理をするうちに大量の成人用の手縫いの布オムツが発見された。祖母は自分が意識を無くしたあとのことを考え、常に通帳・債券類を整理していたばかりでなく、なんと自分の手で家族にもさとられずオムツを縫っていたのである。祖母も、常に死を意識していたのである。私は大量のオムツを見た時、明治女の「気骨」と「美意識」のようなものを強く感じ……衝撃を受けた。

死を自覚してこそ

とはいえ、祖母は死ぬまでその人生を楽しんでいた。ヘソクリで買ったと思われる大島紬の数々や、趣味の園芸で足の踏み場もない庭がそれを証明している（ただし、祖母の死後、不精な家族が丹精の鉢植えを引き継ぎはしたものの、それは全滅とあいなった）。祖母の生き方を見ていると、死を自覚してこそはじめて人生が楽しめるといった観すらある。そんな祖母の生き方が、最近とみに私の胸に去来する。

『徒然草』第九十三段に次のような一節がある。それは「人皆生を楽しまざるは、死を恐れざる故なり」というくだりである。「生を楽しまないのは、死を恐れていないためだ」というのは、兼好流の逆説である。兼好は言う「存命の喜び」を知る者は、生を楽しむと。

「お盆」は、亡き人を供養する時ではあるのだが、生きる者には死を自覚する時間である。命ある者は位牌と墓の前で家族の「再会」を果たし、亡き者はあの世から帰ってくる。そんな生と死が交錯する「盆」「彼岸」という時間の意味を、私はもう一度考え直してみたいと思っている。別な言い方をすれば、盆という時間は家族の絆を確認する貴重な時間と言えるかもしれない。

時に文学で、時に年中行事を通して、日本人は死について考えてきた。そこで、最後に兼好の名言の先蹤をなす万葉歌を紹介しておこう。これも、大伴旅人の名言だと思う。兼好と旅人はともに人生を楽しむ達人である、とつくづくと思う。

生ける者
遂にも死ぬるものにあれば
この世なる間は
楽しくをあらな

（巻三の三四九）

故郷からのたより

タイシテ広クモナイ
一ヘクタールクライノ田ノ刈リ入レヲシテ
刈リ小屋ノヨウナ庄ニイルト……
都ガ恋シク思ワレル――

（巻八の一五九二）

先日、友人のK氏から、土のついた野菜が宅配便で届いた。電子メールで、突然の贈り物の次第を確かめると、数年前から、信州に別荘を持ったということだった。週末と夏・冬休みはそこで過ごしているとのこと。その別荘の菜園の分け前にあずかったわけである。野菜を洗いながら、K氏を羨ましく思った。つまり、K氏は都内のアパートと、信州の別荘の二重生活者なのである。

実は今、万葉貴族の生活空間のようなことを考えている。万葉貴族は、いわゆる官僚として、平城京内の「邸宅」に住むことが義務付けられていた。出土する平城京の木簡資料からは、役人の欠勤管理の実態、昇進のための試験勉強のあと、人事考課のありようを知ることができる。つまり、「宅」と「宮」を中心とした都での生活があったわけである。ちなみに、大伴家持を代表とする名門貴族大伴氏は、平城京の東北の佐保に邸宅を持っていた。

しかし、一方で、万葉貴族は、京の外に自らが経営する田圃や菜園を持っていた。それが、『万葉集』に登場する「庄」である。一般には、これを「タドコロ」と読んでいる。『万葉集』をひもとくと、大伴氏の二か所の「庄」が判明する。ひとつは、「竹田」(奈良県橿原市東竹田町付近)、もうひとつは「跡《と》見《み》」(同県桜井市外山付近)である。わかりやすくいうと、竹田は大和三山の耳梨山の麓、跡見は山辺道の三輪山の麓ということになる。大伴家を代表する、いや万葉を代表する才媛・大伴坂上郎女《おほとものさかのうえのいらつめ》は、「跡見」のことを「ふるさと」とも詠んでいるから、父祖伝来の領地というような意識があったのかもしれない(巻四の七二三)。

しかし、彼らはこの庄で日常生活を営んでいるわけではない。おそらく、管理人をおいて、庄の管理をしていたはずである。大量の木簡の出土で大きな注目を浴びた長屋王《ながやおう》邸宅の木簡には、王が持っていた郊外の農園の管理人たちの名前を確認することができる。貴族たちは、米や野菜などを、こういった庄から、平城京内の宅に送り込んでいるのである。

さて、『万葉集』によって、大伴家の人びとの生活をウオッチングしてみよう。すると、農繁期には庄に赴いていることがわかる。大伴旅人《おほとものたびと》亡き後、一族の要の人物となっていた大伴坂上郎女も、秋には庄に下向している。おそらく、収穫された稲の管理や、農作業を手伝った人びとの接待、税の支払いのための雑務などがあったのだろう。当時の法律である律令には、五月と八月に「田暇《でんけ》」と呼ばれる農休みを取ることを保証する条項がある。田植と稲刈には、それぞれ十五日間の休みを取ることが許されているのである。
しかし、この庄での田舎暮しは、逆に都会生活を懐かしがらせることもあったようだ。大伴坂上郎女も、都を懐かしむ歌を竹田で残している。時に、天平十一（七三九）年、秋のことである。

然《しか》とあらぬ
五百《いほ》　代《しろ》小田《をだ》を
刈り乱り
田廬《たぶせ》に居れば
都し思ほゆ
（巻八の一五九二）

これは、おそらく、「庄」から「宅」に送られた手紙であろう。それは、家持にとって故郷からの便りだったにちがいない。

万葉集の楽しみ

朗読する

『万葉集』をもっと身近に、と考えている人は多いだろう。でも、難しいとあきらめている人も多い。研究者の立場から言うと、たしかに難しいが……。けれど、奈良時代の人が楽しんで作った歌集なので、楽しめないということはないはずだ。本節では、朗読する→旅する→アートを楽しむ→『万葉集』から読書する、というように入門編を設計してみた。

最近、研究室によくある問い合わせは、『万葉集』を歌いたいが、どうすれば……という問い合わせだ。決まった節があるのですか？　と言われる人が多いが、そんなものはない。これまでも、皆勝手に歌ってきたのだから、誰でも勝手に歌ってよいのである。ただ、私は次のことだけをアドバイスすることにしている。歌の意味を知り、自分で句切って読むと、次第に歌が自分のほうに馴染んできます。そうすると、その歌が自分のものになります、と。

さて、『万葉集』にこう書かれている歌がある。

春過而　夏来良之　白妙能　衣乾有　天之香来山

（持統天皇《じとうてんのう》　巻一の二八）

これでは意味がわからないので、一般には、漢字仮名交じり文にして、「春過ぎて　夏来《きた》るらし　白たへの　衣干したり　天《あめ》の香具山《かぐやま》」となる。つまり、書き下し文である。さあ、これをどう読むかだ。まず、意味を理解するために、やはり解説書を読みたいものだ。まさに夏の到来を示す歌だ。そこで、上野流の解説をすると、

「ああ、夏がやって来た」という、この歌の感動は、どこから来るのであろうか。それは、毎年行われる夏の行事の時には、必ず香具山に白い衣が干されていたからではないだろうか。現在のコマーシャルにたとえてみよう。冬場には肉まんのコマーシャルがあり、それが夏が近づくとアイスキャンディーのコマーシャルとなる。アイスキャンディーのCMを見ると、「ああ、夏だなあ」とわれわれは思う。あるいは、ショーウィンドウに水着が飾られると、「あ、もう夏がやって来たな」というふうに思う。つまり、人びとは生活の中で、季節の「うつろい」を発見するのである。

この歌の衣は、毎年毎年繰り返される、なんらかのお祭りで使われた衣だろう。そして香具山に衣を干すことも、年中行事のひとつの儀式だった可能性が高い。

ということになる。そして、訳は、

春が過ぎて
夏がやって来たらしい――
真っ白な衣が干してある
あの天の香具山には

となる。だから「春過ぎて　夏来るらし」までは一気に読みたい。息継ぎせずに。そして「白たへ」が「衣」を修飾することがわかるように「白たへの　衣干したり」とここはひとつづきに読み、小休止の

のちに、「天の香具山」と読みたいところだ。すると大休止は「夏来るらし」のあと、小休止は「衣干したり」のあとということになる。

ここまでが、朗読の基礎である。さて、ここからは、それぞれの個性で朗唱だ。「天の香具山」を二回繰り返すと、歌がぴたっと止まる。「白たへの　衣干したり　天の香具山」までを二度繰り返すと、歌意が聴き手にわかりやすくなり、余韻も出る。ここまでくれば、しめたもの。解釈ができると読みが定まり、読みが定まると味が出る。あとは、お好みで……。

旅をしよう

『万葉集』を好きな人は、旅行好きな人が多い。理由は二つある。それは、『万葉集』の歌々は、飛鳥・奈良時代の歌であり、圧倒的に大和国、奈良県に歌が集中しているものの、東北から北陸、関東、東海、近畿、山陽、九州と、歌が広く分布しているからだ。つまり、『万葉集』は地理的に広がりのある文学と見てよいだろう。

また、東国の人びとの方言で作られた東歌《あずまうた》や防人歌《さきもりうた》もある。二つ目の理由は、万葉歌は、地名が多く登場するので、親しみやすいのである。千三百年の昔に、万葉歌に歌われた地に行ってみたい。そういう人は、じつに多い。

そこで、今回は、万葉の旅の楽しみ方について語ってみたいと思う。

春過ぎて　夏来るらし　白たへの　衣干したり　天の香具山　（持統天皇　巻一の二八）

数年前、藤原宮跡（奈良県橿原市）を訪ねた時の話。ある女子学生が、「えっ、香具山って、こんなに低いの！」と声を上げたことがあった。横にいた留学生も、「アンビリーバブル……」と嘆息。
まさか「天下の香具山」がこんなに低い山だとは思っていなかったようである。なるほど大和三山のなかでも、いちばん低く見えるのが香具山。少なくとも、周りの山々よりは高い山であろうと、声を上げた二人は想像していたらしい。はるかヨーロッパで、Man-yoshu を読んで大和の風景に憧れていた青年が、思わず声を上げてしまったのも、無理からぬ話と言えよう。なにせ、「天の香具山」というのだから。

さすれば、なぜ「天の香具山」なのか？ 実は、『万葉集』には、「天降《あも》りつく 天の香具山」という表現もあるのである。「天降りつく」とは、天から降ってきた山ということであり、万葉の時代には、香具山は天から降ってきた山であるという伝説が存在していたのである。『伊予国風土記』逸文には、伊与の郡の天山《あまやま》という山があるが、天山と言われている理由は、大和《やまと》に香具山《かぐやま》が、天から降ってきた時に二つに分かれて、片方が大和に落ちたからだ、と伝えている。つまり、天から降ってきた山、それが「天の香具山」なのである。だから、低くても、「天の香具山」なのだ。

もうひとつ、万葉の旅の醍醐味を。一般的には「遣唐使」が有名だが、万葉の時においては「遣新羅使」という使節も出ていた。つまり、新羅国に派遣された使節団である。そのうち、天平八（七三六）年に遣わされた使節団の歌々が、巻十五に一括して収載されている。彼らは、難波を出港し、瀬戸内を経て、ようやく筑紫に辿りつき、そして壱岐・対馬を経由して新羅の都・慶州をめざしたのであった。

そのなかに、こんな歌がある。雪連宅満《ゆきのむらじやかまろ》を悼む挽歌だ。彼は鬼病《きびょう》、おそらくは天然痘か麻疹《はしか》を、旅先の壱岐で発病したのであった。そして、落命。仲間たちは宅満を必死に看病し、亡くなった後は、挽歌を作ってその死を悼んだ。そのなかに、次の一首がある。

世の中は　常かくのみと　別れぬる　君にやもとな　我《あ》が恋ひ行かむ
（作者未詳　巻十五の三六九〇）

長歌に続く第二反歌なのだが、このなかに、宅満が残した最期の言葉が伝えられている。「世の中は常かくのみ」は、世の中というものはいつもこうしたものだという意で、いつもこうだとは、生命のはかなさ、人生の空しさについて言っているのであろう。そういった言葉を残して別れた君のことを、わけもなくこれからは慕いつづけるであろうよ、と歌っているのである。

私もかつて、壱岐島を訪れたことがある。原の辻遺跡を訪ね、そして宅満が亡くなったと伝えられる石田の地も訪れた。旅先で倒れた使節団のひとり、宅満。彼の存在は歴史上忘れ去られているが、その最期の言葉は、万葉歌に残されている。『万葉集』が伝える、とある無名人の最期の言葉を、私がかの地で復唱したのは言うまでもない。

アートを味わおう

洋画にも、日本画にも、「歴史画」という一分野が存在する。つまり、史実を、画家の想像力によって表現した絵である。今日、日本画で歴史画を描く人は少なくなったが、いないわけではない。奈良県立万葉文化館（奈良県明日香村飛鳥）では、『万葉集』をテーマとした、いわば万葉日本画というものを蒐集している。私も万葉文化館の設立をお手伝いしたひとりなので、それなりの思い入れのある作品ももちろんある。

万葉日本画の上野流の鑑賞法はこうだ。まず、なにも予備知識なしに、絵を楽しむ。そして、すべて鑑賞が終わったのちに、万葉日本画が題材とした万葉歌を読む。その上で、画家が歌のイメージをどうとらえて、絵を描いたのかを想像する。すると、歌と絵が重なり合って、また別の観点から、万葉日本画を見ることができるのである。私は、万葉文化館の万葉古代学研究所の副所長だったので、少し宣伝めくが、万葉ファンのなかには、万葉日本画を見たあと図書情報室で歌の意味を調べて、また鑑賞するので、一日中万葉文化館で過ごしてくれる熱いファンも多い。つまり、歌と画家の想像力の関係を推定する楽しみがあるのである。

では、私自身の体験を踏まえて、その楽しみ方を伝授したいと思う。巻二に、こんな歌がある。

我《あ》を待つと　君が濡れけむ　あしひきの　山のしづくに　ならましものを
（石川郎女《いしかわのいらつめ》　巻二の一〇八）

仮に訳すと、

私を待つと　アナタが濡れた　あしひきの　山のしずくに　なれたらよかったのに

となろうか。この歌をテーマにした作品が、万葉文化館に収められている。四曲屏風一隻の大作で、日本美術院同人の高橋秀年さんの手になる一作である。大津皇子《おおつのみこ》と石川郎女の恋物語を描いたこの絵は、所蔵作品のなかでも人気のある一作である。この絵の制作に立ち会うことは無かったのであるが、私には当該の絵にひとつの思い出がある。歌では、石川郎女に逢えない嘆きを述べる大津皇子に対して、郎女はそれを気に留める風でもなく、受け流している。つまり、二人は逢えなかったのである。後に処刑される悲劇の皇子の切ない思いと、皇子の将来を知ってか知らぬか、逢瀬の約束を果たさなかった郎女。ところが、何と絵では二人は逢っているではないか。

一目見た私は、思わず叫んでしまった。「しまった！　絵の意味を取り違えている。いったい、この責任は誰が？」と。私も設立の委員のひとりなので、責任を取る必要があると覚悟した。すっかり、動転してしまったのを、十数年経った今でもはっきり覚えている。しかし、それはあっさり杞憂に終わった。添えられていた「画家の言葉」にこうあったからである。

恋の成就をお手伝いするような心境で、演出しました。幻のデートです。

高橋さんは、歌の意味を正しく理解した上で、屏風の上で千三百年ぶりに二人をデートさせていたのである。逢えなかった二人に対する粋な計らいというべきか。あぁーなんと、研究者というのは、愚かなんだろう。解釈の当否だけで私は絵を見ていたのであった。なんと情けないことか！　ひとつの絵から私はその非才を恥じたのであった。歌の思いと画家の思いを重ね合わせて、万葉日本画を見る。これも万葉日本画を見る楽しみのひとつであろう。

さて、最後に蛇足を。今日、われわれは、額田王《ぬかたのおおきみ》を勝手に美人だと思い込んでいるのだが、そんな資料はひとつもない。歌からそう思っているだけである。果して、画家はどう額田王を描くか。これも、万葉日本画を見る楽しみのひとつである。

読書をしよう

ここでは、万葉から広がる読書ということで話をしてみたいと思う。よく、よい入門書は何でしょうか、何から読むとよいでしょうか、と聞かれることが多いが、私はそんな時、二つの答え方をしている。ひとつは、「やはり上野誠先生のものが一番ですよ」という。もうひとつは、「『万葉集』の入門書はたくさんあって、そこには一人ひとりの研究者の思いが込められていますから、手に取ってしっくりくるものを探すのが一番です」と答えることにしている。

さらには、入門をネット情報で済ませるという手もある。ネット空間の『万葉集』もおもしろい。ちなみに、『万葉集』で検索すれば、出るわ出るわ、たくさん出てくる。本文もネットで見ることができるし、朗読だってネットで聴くことができる。さらには、こんな楽しみ方もある。『万葉集』に出てくる地名すなわち歌枕をネット検索すると、その写真を見ることができる。若い人が旅行をしなくなったというが、たしかにこれだけの情報が座したまま入手できれば、旅行しなくてもよいと思う人も多いかもしれない。ただ、現実というものは、そんなに単純にはできていないから、やはり現場に行けば行ったで感じ取ることも多いはずなのだが……。でも、ネットで入門は、今では「あり」だろう。

ならば、ネット派ならぬ、じっくり読書派に日本の古代を学ぶために読んでほしい本をひとつ挙げるとすれば、はて何にしよう。私は、あえて井上靖の『天平の甍』(新潮文庫、一九六四)を挙げたいと思う。この本は、鑑真と鑑真を日本に招聘しようと奔走する人びとの苦難と苦難を乗り越える意志を描いた小説だが、実は鑑真の生きた時代こそ、万葉の時代であった。だから、物語の冒頭には、万葉歌がすえられている。

『天平の甍』の主人公は栄叡《ようえい》と普照《ふしょう》という二人の僧侶だが、彼らが唐に渡ったのは、天平五(七三三)年の遣唐使であった。その大使であった多治比真人広成《たじひのまひとひろなり》に対して、山上憶良が壮行激励歌ともいうべき歌を送っている。井上は、『万葉集』巻五に伝わるかの名高い長歌と反歌を全文、作中に引用している。

が、しかし。訳文がついていないために、ほとんどの読者にとってはチンプンカンプンだろう。私は思う。井上は、万葉歌の引用によって二つの事柄を読者に伝えたかったのではないか。ひとつは、遣唐使に対する当時の人びとの期待の高さ。もうひとつは、旅の苦難であろう。本シリーズの最後に、私は憶良の長歌の新訳を載せたいと思う。本文は『万葉集』の巻五を本で見るか、はたまたネットで見るか……。そして、やはり、この訳文を踏まえて、『天平の甍』を読んでほしい。

好去好来《かうきょかうらい》の歌一首

神代から言い伝えてきた
（そらみつ）大和の国は
すめ神々たちも神々しき国
言霊の加護ある国と
語り継ぎ、言い継いできた――
今の世の人ことごとくに
まのあたりに、目にも見て知っている
人たるものは世に満ち満ちてはいるけれども
高光る日の朝廷の
神のごとき深慮のままにご寵愛を受けて
天下の政にたずさわった
名家の子としてお選びになられた（あなた様が）
大命の
降下を受けて
唐の国の遠き地に
遣わされて旅立たれると……
――海原の辺にも沖にも
鎮まってその道を支配したもう

もろもろの大御神たちが
船の舳先に立って
導き申し上げ
天地の大御神たち
大和の大国魂の神が
（ひさかたの）大空高くから
天翔けて見守りになる！
官命をお果しになって帰ろうとするその日には
またさらに大御神たちが
船の舳先にかの神の手を掛けて
大工の使う墨縄を打ち引いたかのごとくに
（あぢかをし）五島の島の崎より
大伴の御津の浜に
一直線に御船は進んで到着するであろう
つつみなくご無事に旅立たれて
いち早く帰って来ませ（大使様よ！）

（巻五の八九四）

女が男を叱るとき、紀女郎の場合

異色の恋人・紀女郎

年上の女が、年下の恋人を叱る歌を、『万葉集』から取り上げてみよう。よく大伴家持は、恋多き男と言われるが、それは違う。彼のために弁護すると、彼の歌日記が万葉集の編纂資料に使われているから、恋歌も多く残っているだけである。

家持と相聞歌を交わしている女性のなかで、異彩を放っているのは何といっても紀女郎《きのいらつめ》であろう。紀女郎は、なんと彼より十五歳も年上。当時の年齢から考えると、姉というより母に近い年齢であろう。彼女は、疎遠になってゆく家持に、たびたび自分への思いを問いただす歌を贈っている。気持ちを疑われた家持が答えた歌のひとつがこれである。

百歳《ももとせ》に
老い舌《したい》出でて
よよむとも
我《あれ》はいとはじ
恋《こひ》は増すとも

そんなこと疑ってんのかよ――
おまえさんが百歳になって
歳とって歯がなくって……ベロ出すようになって
腰が曲がたってさ
――俺、お前の家に来ることはいとわないよ、好きだーってぇ、気持ちが増すことはあってもさ

（大伴家持　巻四の七六四）

「そんなこと疑ってんのかよ――」は、家持の気持ちを斟酌して、補ったものである。万葉集に、十二、三人の女性と恋歌のやり取りを残す家持であるが、双方の歌が残っている女性は意外にも少ない。坂上大嬢《さかのうへのだいじょう》・笠女郎《かさのいらつめ》・巫部麻蘇娘子《かむなぎべのまそのをとめ》・日置長枝娘子《へきのながえのをとめ》と、ここであつかう紀女郎だけである。そのうち、家持自身が熱心に歌を返しているのは、最愛の嫡妻となる坂上大嬢と、紀女郎だけということができる。しかも、紀女郎は、しばらく不和となっていた大嬢との相聞往来が復活した天平十一（七三九）年秋以降においても、歌を交わし合っている。つまり、大嬢との蜜月時代においても、家持は紀女郎とだけは相聞歌をやり取りしているのである。これは、極めて特異な関係にあると言わねばならない。

紀女郎が家持を叱る

年上の恋人は、時に家持をこう叱ったようである。

大伴宿禰家持が紀女郎に贈る歌一首
鶉鳴く　故りにし郷ゆ　思へども　なにもそ妹に　逢ふよしもなき
紀女郎が家持に報へ贈る歌一首

言出しは　誰が言なるか　小山田の　苗代水の　中淀にして
（巻四の七七五・七七六）

家持が、ここで言いたいのは下二句の「どうして、あなたに逢う機会が（こうも）作れないのでしょう」ということである。ということは、紀女郎とはご無沙汰続きだったのであろう。

そこで、はじめに「故りにし郷ゆ」という表現から見ていきたい。ここでいう「故りにし郷」とは、平城京のことである。久迩京時代、平城京は旧都であり、「故郷《ふるさと》」（巻六の一〇三八）、「古京跡《ふるきみやこ》」（六の一〇四八）と呼ばれているから、当該歌が「故郷《ふりにしさと》」と呼ぶのは、決して異例とはいえない。しかし、「フルサト」と「フリニシサト」では、微妙な違いもあるようである。「フルサト」が常に懐かしきもの、よきものとして歌われるのに対して、「フリニシサト」はさびれた場所や、荒廃した場所に使われることが多いようである。つまり、「フリニシサト」には、「古臭い」とか「古ぼけた」というイメージがつきまとうのである。すなわち、〈古い〉という価値をマイナスにとらえた時に使うのが「フリニシサト」と言えよう。

しかし、紀女郎はご無沙汰続きの家持をこう叱り飛ばしたのである。家持が思いつづけた期間を強調していることをとらえて、反撃するのである。「では、その昔最初に言い寄ってきたのは、いったいどちらの方」と切り返しているのである。「言出しは誰が言なるか」は、直訳すれば「言い出したのは、誰の言葉でしょう」となるが、『新編全集』が言うように「言出しは誰なるか」を整えた言い方であろう。当然、「か」は強い語調の反語で、誰の言葉でもありますまい、アナタのほうからでしょう、と相手を問い詰める言い方となる。つまり、家持が思いつづけた時間を言うのであるならば、最初に戻って、言い寄ってきたのはどちらのほうでしょう、と反論しているわけである。そこで、最後にこの男女の呼吸を、舞台のセリフ風に訳してみよう。

今となっては　鶉が鳴くような古びた里となってしまった旧都・奈良、その奈良に都があった時分から、ずっとずっと思いつづけてはいるんですが……どうしてこんなにもアナタ様に逢う機会を作れないのでしょうか。

ならば、ならば、お聞きしてよくって、はじめに言い寄って来たのは、いったいどこのどちらさんでしたっけ……お山の田圃の苗代水は水路が長い、だから中淀が多いというわけではないんでしょうけど、私の家にはご無沙汰つづきの中淀になったりして！

いわば丁丁発止である。こんなお叱りならいつでも受けたいものだ……。

五　妄語妄想——バルタン星人からオペラまで

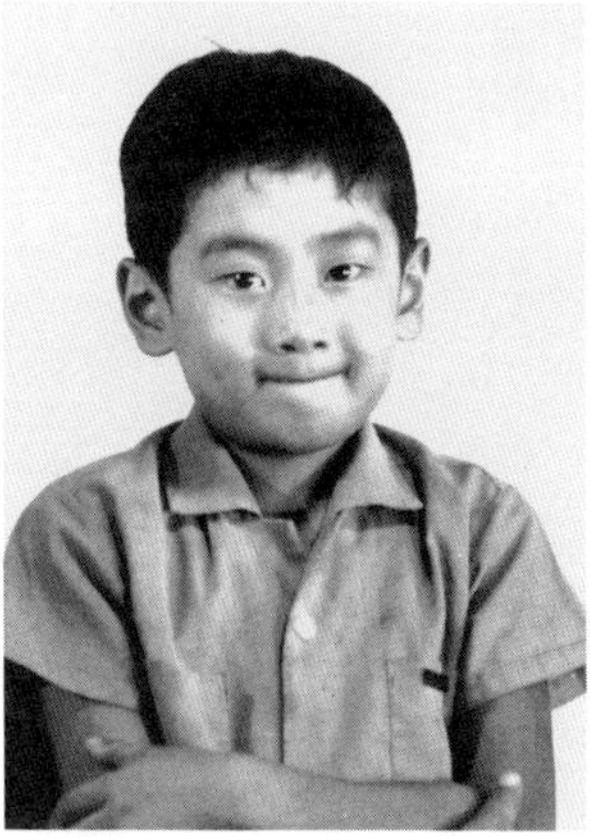

小学校一年生の私。目に力はある、と思う。可愛かったし、可愛がられたし、もてた。ということは、このポートレートこそ、人生の絶頂期のものか。あぁ。

店主口上

さあさあ、お立会い。空想書店、あをによし古都屋の開店だ。わが待ちし秋来たりぬ、行く秋の大和の国は、奈良を旅するあなたに、万葉学者の上野誠がお薦めする五冊。文庫片手に旅すれば、鐘がなるなり古都の寺々。さぁ、買った、買った。

まず古都入門にお薦めは、亀井勝一郎先生の『大和古寺風物誌』だ。古都・奈良を歩きつつ、日本的なものを発見する物語。これぞ、古寺散策の定番だ。だから、最初に読むならこの本。傷心の青年が大和で見たものは？　孤独な近代人たる「われ」が、大和で見たものは？　それは読んでのお楽しみ！

お次は、ちょいと難しい。和辻哲郎先生の『古寺巡礼』。大正の哲学者の見た大和の古寺は、仏像は？　哲学ってのは、西洋のもの？　けれど、古代の日本に哲学的思惟がなかったはずもなし。だったら、古代人の思惟とはどんなもの？　これも、読んでのお楽しみ！

さあさあ、お次は、歌集をひとつ。短歌でめぐる奈良の旅。近代歌人のそのなかで、群れず、媚びずに、孤高の歌人・会津八一先生の歌集だ。ほっとする大和言葉のその響き、『自註鹿鳴集』もお薦め本。美術史家にして、書家であった先生が、二十八歳から六十歳に至る自らの奈良の歌を集めた歌集。いわば、奈良もの集大成。

古都に遊ばん旅人に、歴史の本をまず一冊……と聞かれたら、迷わず挙げる、青木和夫先生『奈良の都』。歴史家の名文、ここに極まれり！　名文なのに、わかり易い。わかり易いけど、格調が高い。そしてなにより、今でも……なぜか古くならない。相次ぐ木簡資料の出現や、韓国・中国の文献との比較が進んだ今日においても、読むたびに発見がある。これぞ名文。

そして、最後のお薦め本は、日本現存最古の書『古事記』。『古事記』とは何ぞやと問う前に、まずは訳文で読みたいもの。だったら、この本……三浦佑之先生の『口語訳　古事記』がお薦めだぁ！　稗田《ひえだの》阿礼《あれ》の語り口調をそのまま残そうとする『古事記』の文体。その文体を活かして訳すとこうなるのかぁー、と唸る名訳。

売り切れ御免！　右手に奈良行きの切符を持ったら、左手に文庫本！　さぁ、おいでよ、おいで、あをによし奈良へ！　飛ぶ鳥の飛鳥へ。まほろばの大和へ。さぁ、さぁ、おいでよ。文庫本持って。

①『大和古寺風物誌』（亀井勝一郎、新潮社、一九五三）
　一見冷めた文体を装ってはいるが、古代文化に対する熱い憧憬の念が脈打つ文章が感動的。

②『古寺巡礼』（和辻哲郎、岩波書店、一九九一）
　日本の哲学者は、大学では横文字の哲学を語るが、休日は奈良を旅して、自らの足元を見つめる。中国・インド・ギリシャへと世界史的視野で語られる古寺案内。

③『自註鹿鳴集』（会津八一、岩波書店、一九九八）
　平仮名だけで綴られた、まったりとした味わいの短歌で有名な会津八一。自註はまるで学生に語り聞かせるように平明。

④『奈良の都』（青木和夫著、中央公論新社、二〇〇四）

一九六五年初版。日本の古代史は日進月歩なのに、古くならない。揺るぎない確実な史実だけを、恐るべき学識で記した本。

⑤『口語訳　古事記――神代篇』（三浦佑之訳・注釈、文藝春秋、二〇〇六）
『口語訳　古事記――人代篇』（三浦佑之訳・注釈、文藝春秋、二〇〇六）
『古事記』って、奈良時代の昔話だったの、と思わせるほどの訳文。まずは、訳文でという人にはお薦め。

日々のため息から

生活と表現

あと百年くらいしたら、こんな入試問題が出るかもしれない。

〔問二〕　棒線部Aのナマアシについてその意味を説明しなさい。ただし、素足との違いが明確になるように、説明しなさい。

模範回答は、

ナマアシとは一九九〇年代の後半に流行した女性ファッションで、ストッキングをはかない状態をいう。この時代、女性は一般的にストッキングをはいていたので、素足の状態でいることをナマアシと呼んだ。ことに、安室奈美恵の影響を受けたアムラーがナマアシで街を闊歩したという。

となろうか。「何をくだらないことを……」と、思われる読者もいるだろうが、国文学者や歴史学者が行なう注釈というものは、おおよそこんなものではないだろうか。

そのうち、古語辞典の挿し絵に、「蚊帳」や「卓袱台《ちゃぶだい》」が登場する日も近いだろう。「問一　棒線Bに父は卓袱台を引っ繰り返したとあるが、父はなぜ卓袱台を引っ繰り返したのか、説明しなさい」という出題があるかもしれない。答えは「激しい怒りを表すため」となるだろうか。『巨人の星』の星一徹の名物シーンも、卓袱台がなくなれば、注釈が必要なはずである。生活がわからなければ、生活から生まれた表現のリアリティーがわかるはずがない。

「公設市場」に対して「闇市」があり、「闇米」があった。戦後の混乱期の経済生活がわからなければ、なぜ「闇」なのかわからないだろう。こういった「闇」という言葉の用法が、「闇給与」などの言い方に残っているのである。

それほどの成果を上げているわけではないが、私はそういった生活と表現の回路を見つけだすことを心にかけて、万葉研究を行なっている。

考古学・歴史学への羨望

毎年、大学入試のシーズンになると、日頃は音信不通の友達から電話がかかってくる。といっても裏口入学の話ではない。彼らは、同じ国文学科や日本文学科に勤めていて、受験者数激減に、情報交換をしようというわけである。

切り出しは、きまって「うちは○○パーセントも減ってね。ところで、君のところは……どうだ」である。ところが、同じ文学部でも歴史系や考古学系は、好調である。入試関係の会議で、他の教員から国文に向けられる視線は、ことのほか厳しい。

これは、国文学が若い人に対するマーケティングに完全に失敗してしまったからである、と考えている。「文学青年」は絶滅したが、「考古学青年」や「古代史おたく」はいるのである。それは、『万葉集』や『源氏物語』を読む楽しさを、国文学者が若い人の心に届くメッセージとして発信しなかったからである。

実際に古代史専攻を希望しつつ、挫折して入ってきた国文の学生に『万葉集』の講義をすると、本当にやりたいのはこっちのほうでしたという学生も多い。もちろん、ごますりは割り引くべきだが、古代人の声を伝える万葉歌の表現を読み解く楽しさに目覚める学生も多いのである。

私は、古代学を次のように分類している。史料を読み解く歴史学は内科とすれば、直接に土を掘る考古学は外科。そして、古代文学研究は、心療内科であると思っている。天平の時代を生きた少女の恋心は、掘りだした土器を見てもわからないし、『日本書紀』にも書いてない。新聞は、一面記事が大切だが、読んでおもしろいのは、三面記事。そして、庶民の声を伝えているのも三面である。だから、国文の万葉ゼミにおいでよ、と言いたいのだが。

母の俳句

一九九七年九月、実母が句集を出した（上野繁子『句集　日々新たなる』天満書房）。句集は、家族の歩みを俳句に託した「私小説」仕立てになっている。息子が母親の句集を批評するのもおこがましいが、この人の持味は、生活感ある句にスパイスのようにきかされたエスプリだと思いつつ、読了した。もちろん、筆者もスナップ写真のごとく登場していて、思わず笑ってしまった。

わが殻を破りたき日のセーター赤

着るものはすべて母親が買っていた中学生の頃。ちょっと「色気」が出てきて、自分の見立てでセーターを買った日のことを思い出した。セーターは、その後肥って着ることができなくなり、処分されたが、この句は残っている。なんだ、おふくろさんよ、そんな句作ってたの……と、苦笑した。

反対に、うるさい読者となるであろう私を憚って、収載しなかった句もあるようである。偏差値社会に苦しんで、やっと東京の私大に滑り込んだ私は、福岡から上京した。そんなある日、とある新聞の俳句の欄が目にとまったのである。

一流に少し外れて入学す

なかなかいい句だなぁー……と思いつつ、うどんをすすっていたのだが、思わず吹き出してしまった。作者のところを見ると「福岡　上野繁子」とあったのである。

そういえば、第一志望の高校に不合格になった日の母の「迷言」を思い出した。「学食も無いような高校に入学しなくてよかった。弁当が大変だ」と。さすが、わが母である。

大学教授の通信簿

ゼミの学生に引っ越しの手伝いを頼んで、慌てたことがあった。自分の大学時代の成績表が出てきたからだ。「意外に、優が多いんですね」と女子学生に言われて、「意外に」の解釈に苦しんだ思い出がある。

ところで、大学の教員の研究に対する力量というものは、同じ分野ならだいたい「言わずもがな」でわかってしまう。とくに同世代の場合は、互いに意識していることが多い。簡単に言えば、論文の数と掲載誌のグレードでお互いの力量を測りあっているのである。

グレードの高い雑誌は、レフリーがいて、高い質の論文しか掲載されない。つまり、そういった権威ある雑誌の審査を通過して何本論文を活字にしているかで、評価が決まってしまうのである。だから、「あいつには逆立ちしてもかなわん」と思うこともあるし、「ちょっと、俺のほうがましかな」とささやかな優越感に浸るなど、いろいろ心のなかでは思っている。そういった論文をあまり書かずに、マスコミに登場していると、タレント教授とギョウカイ人に揶揄《やゆ》されることになる。

富山県高岡市の万葉歴史館は、各研究者ごとに論文をファイルして、整理している。しかも、それが研究者ごとに図書室に並べられて、自由に閲覧できるのである。見るべき人が見ると、全国の研究者の成績表が展示されているようなものである。まず、論文を書いていないと、論文が収められている箱が小さい。だから、この図書室を訪れるのには勇気がいる。また、わかる人が見ると、教授になったとたんにさぼって論文を書かなくなった人も、一目瞭然となってしまう。

と思っていたら、ゼミの学生が、「先生の箱見てきましたよ」と一言……身の毛もよだつ思いであった。

タコ壺的学問形成

名刺交換のおり、相手方から必ず尋ねられる質問がある。「先生のご専門は何ですか?」という質問である。たいていは「国文学、とくに『万葉集』の研究をしています」と答えることにしているが、今日の学問体系というものは、細分化されていて、はっきり言って、それを正確に説明することは難しい。『万葉集』のうちでも、挽歌の史的研究を、葬礼と表現との関係から研究しております。主な対象は……、などと話していると三十分はかかってしまいそうな感じである。もちろん、相手の関心のありかを探りながら、最低限の説明に止めて場の雰囲気を壊さないようにするが、われながら呆れてしまうことがある。

かくも日本の学者は、タコ壺的な小世界のなかだけで生きていこうとするのか? 外国の研究者と話していると、反省させられることがある。考えてみれば、大学院以降、一本でも多くの論文を書くことを指導されていて、そのために棲み分けをして局地限定戦の論文を書くことに熱中していたような気がする。

もちろん、小さな部分を掘り下げることによって全体が見えるということもあるのだが、多くは小粒の学者が再生産されるというわけである。簡単に言えば、野球でバントの練習ばかりをしていて、バットを振る練習をしないのと同じである。だから、日本の学界はもう少し空振りに寛容になっていいのではないか、と思ったりもする。

と、ここまで書いたところで、今は亡き師匠の亡霊が目の前に現われた。師曰はく「上野くん、バントでも振り逃げでもいいいんだよ、塁にさえ出れば」と。これまた、一本やられた感じである。

注釈ということ

「注釈」とは、作品と今の読者をつなぐ作業である。諸本間の文字の異同を見て、校訂と呼ばれる作業を通じてテキストを作り、現代人にはわかりにくい言葉や表現に注をつけ、現代の言葉に置き換える、といった作業である。

『万葉集』の注釈の歴史は、ざっと千年と言われている。研究というものは、当然進歩しているはずだが、時として三〇〇年前の学者の説に、平成の学者が破れたりすることもある。また、新しい学説だと思いきや、江戸時代の学者がすでに指摘しているということもある。

したがって、われわれ万葉研究者は、千年間行なわれているリレーの一走者に過ぎないのである。すでに冥界に入った過去の学者は、今の研究をどう見ているだろうか。また、千年後の学者は、平成の万葉学をどう見ているか。知りたいところである。その時々の学者たちは、その時々の読者の心に届くように、注釈をしてきたのである。

とすれば、注釈を行なう者は、現代の読者のことを忘れてはならないはずである。「春過ぎて夏来たるらし　白妙の衣干したり　天の香具山」（巻一の二八）は、年中行事となっていた衣干しを見て、夏の訪れを実感した歌である。肉まんのコマーシャルが、アイスキャンディーに変わった時に、夏の訪れを感じるという現代人には、その生活実感に応じた注釈が必要なはずである。そうでなければ、平成の世に平成の注釈を作る必要などないのである。

『万葉集』には、火葬の煙で無常を詠んだ歌があるが、最新式の火葬場は煙が出ないそうである。そのうち、「かつては火葬をすると煙が出た」と注釈をしなければならない日が来るかもしれない。

クリスマス・練炭・バルタン星人

今は昔、四十年前の話。

私が通ったのは、カトリック系の幼稚園だったので、クリスマスには、聖夜劇があった。これを演ずるのは、年長のバラ組で、子供心にもプレッシャーだったような気がする。練習も厳しかった。私が演じたのは、東方の三博士のひとりだった。台詞は一箇所あって、

「あの星のもとに、キリスト様がお生れになります。」

と言って、星を指差す役である。まぁ、そこそこの出来で、そこまではよかったのだが……。さて、聖夜劇が終わると、突然舞台は暗転。鈴が鳴って、先生が、

「あれ、鈴の音が聞こえますねぇ。サンタクロースのおじいちゃんがやって来ましたよ。ほら。」

と声をかける。すると、窓からサンタクロースが入ってきて、聖夜劇を演じた園児一人ひとりにプレゼントを手渡して、そこで讃美歌を全員で歌い、大団円を迎えるということになっていた。実に、いいところである。ところが、あらぬことか、私はこう叫んでしまったのである。

「あっ、市会議員のおじちゃんだ！」

サンタクロースの衣装をつけ、白ひげをつけていても、私にはわかってしまったのである。市会議員

のおじちゃんに間違いない。市会議員のおじちゃんが、プレゼントを配ってまわるというのが、あらぬことを連想させておもしろかったのか、ひとりがクスッと笑い出すと……もう収拾は着かない。会場は大笑い。どうも私は、聖夜劇をぶち壊してしまったようだ。大きくなってから聞いた話だが、翌年が選挙ということもあって、皆笑ったのだという。父親は、子どもは正直だからといって笑っていたが、母は内心、先生の心証を害したのではないかと、心配していたようだ。というわけで、その年の聖夜劇は、変な買収劇に早変わりして、妙な落ちがついてしまったのである。今となって思えば、ませた子どもである。ただし、市会議員さんの名誉のためにいっておくと、それは役員としての仕事をしただけの話ではあったのだが。

三人兄弟の末っ子の私は、昭和三十五（一九六〇）年生れ。物心ついた歳には、福岡市の福海町の家にいた。現在の福岡市南区高宮である。隣の若久には、牛を飼っている農家もあったのだから、隔世の感がある。そういえば、当時は、各家庭、練炭を使っていた。早朝、母親などは、新聞紙に火をつけて、練炭火鉢に入れ、その上に、円筒型の練炭を置いて、団扇であおいで火をおこしていた。それから、練炭火鉢で一日中煮炊きをするのである。直径十センチほどの円筒形の練炭には、穴が開いていた。そこから、オレンジ色の炎が上がるのである。そういえば、我が家では夏みかんの皮を刻んで煮て、マーマレードも作っていたっけ。さて、練炭がすべて焼けるとあとは、灰が残る。その灰を捨てに行くのが我がご幼少のみぎりの仕事だった。灰を道の水溜りに捨てるのである。舗装されていない道には、無数の水溜りが出来たから、その水溜りが無くなるように、なるべくそこに捨てたのである。当時の生活の知恵である。

私が味噌をつけてしまった幼稚園でのクリスマス会の夜、我が家でもクリスマス会をした。一夜明けると、枕元にはウルトラQという怪獣番組に登場する怪獣の人形が置いてあった。当時は、ソフト・ビニールといっていた人形である。もらったのは、バルタン星人。ここまでくると、同世代の人にしかわからないであろうが、これは当時のプレゼントとしては大正解。とにかく、嬉しかった。聖夜劇・市会議員・バルタン星人は、今も私の記憶のなかに、深く結びついて、大切に保管されている楽しい思い出である。我が家のクリスマス会で何を食べたかは、忘れてしまったが、練炭火鉢で調理されたものであることは間違いない。なぜなら、その翌日も、私は練炭の灰を道の水溜りに捨てに行ったのを覚えているから。

唐物と虚栄心の話をしよう!

唐物といっても、伝来する土地土地で伝来するありようも違う。九州・博多は、日宋貿易の基地であり、渡海の僧たちは、この地から中国に旅立った。ために、博多の地と唐物とは深いえにしによって結ばれていた。博多育ちの私が見聞きした博多の商家での唐物のありようを語る、ちょっとせつない思い出の記。

博多の商家と茶

今でこそ赤貧洗うがごときわが家も、大正期から昭和三十年代までは、博多呉服町に本店を構える衣料商だった。ここに店を持って、卸商ができるということは、いわばソコソコの商家であったのだ。ただし、わが一族は、もともと博多にいたのではない。明治中期まで、郊外の甘木という街に住んで、呉服と小物を商っていた。したがって、わが家の菩提寺は甘木の安長禅寺なのである。安長禅寺は、今日臨済宗東福派の末。北部九州の一帯に、禅宗ことに臨済宗の寺が多いのは、栄西禅師(一一四一-一二一五)をはじめとする渡海の僧たちが、この地から中国へ旅立ち、帰国後その縁を以って当地において禅寺を開いたからである。喫茶の風は禅宗の僧侶がもたらした文化なので、博多やその周辺の禅寺の僧は、土地では一流の茶人であった。ユーモラスな画風で知られる仙涯和尚（一七五〇－一八三七）もそのひとりと考えればよく、茶人で多くの茶軸を残している。

そういう土地柄もあってか、博多の金持ちの家には、茶室があって、それぞれ経済力に応じた茶道具を所蔵していることが多い。二十年ほど前、博多の地場資本の老舗デパートの経営者が、借金返済のため茶道具を売りに出した時は、博多の金持ちたちが争ってこれを求めたのはいうまでもない。いわば、博多の茶人には、博多人好みの茶道具があるのだ。その主たるものが、宋代の青磁だ。

さて、博多の古い商家には、中世の日宋貿易の時代まで家系を辿ることのできる家々があり、私が小学校のころまでは、クラスの初顔合わせで、「大神」「大賀」「神屋」「島居」などと名告ると名門だということは、子供でも知っていた。そういった名家に遊びに行くと、きまって茶道具がぎっしりと収められている蔵があるのだ。

かくなる名家には、これまた必ずと言ってよいほど、唐物の茶碗があった。それも、なぜその家にかの名器が伝わっているのかという口釈つきで。まぁ、いわば家伝である。たいがいは、こんな話だった。

・これは、唐と貿易をしていたころに、寧波の地で大金で買ったものだ。
・この茶器を持っていると秀吉に召し上げられるので、見つからないように、ずっと庭に埋めていた。
・仙涯和尚が、自らの画百枚と交換してほしいと頼み込んできたものだ。しかし、断った。
・〇〇寺に多額の喜捨をしたところ、いただいたものだが、かつての寺の宝のため、明治までその存在を明らかにすることはできなかった。
・孫文がわが家に来た時、この茶碗で茶を出したところ、驚いて腰をぬかした。

とにかく、茶碗ひとつの口釈が大変なのだ。博多人は、目立ちたがりやで虚栄心も強く、話は膨らむばかりである。しかし、そういう口釈を垂れれば垂れるほど、負の噂というものも広がるものである。
・あれは、偽物だ。たいしたもんじゃない。
・あれは、家に伝わったものだといっているが、古道具屋で買ったものだ。それをかっこつけて。
・あの道具は盗品だ。それも、三代前の……。

つまり、自分の家柄の良さと持っている宝物を自慢されて、気分よく帰る御仁などいないのである。自慢されればされる分だけ、蔭口を叩かれるのがオチなのである。この手の話は、現在でもよく耳にする。うんざりするほど。

わが家の恥

ちなみにわが家は、甘木からやって来た新参者なので、そういう由緒ある茶碗など家にはなかった。第一、豊かになったのは、大正期からだ。したがって、街の寄合に行っても、自慢するものがないし、お茶のお道具にしてもたいしたものはなかった。そんなある日、私が小学生の高学年であったから、四十年も前のある年の暮のこと。それも夜半に、わが家に活き物の魚を届ける漁師のSさんが、やって来た。博多の街屋では、上客のある時は、漁師から直接魚を買い求めることが多く、それぞれに出入りの漁師がいたのだ。Sさんが、新聞紙に大切に包んで持って来たのは、おそらく青磁だったと思う。Sさんは、これは漁に出ていて網に引っ掛かったものだが、古そうなものなので、見てほしいと祖父母に言うのである。祖父母は、それを見るとすぐさま、「ここからは大人の話やけん、聞かせられんばい。出ていきんしゃい」と言って、外に出された。兄と私は、席を外せということである。でも、この展開では子供でも、あとのことはわかる。買い取りの交渉をしたのである。こうして、沈没船の荷だった青磁は、わが家のものになった。祖父母は、やって来る客たちに、この青磁は、古くからわが家に伝わっているものだと、急に自慢しはじめたのだが、私たちはあいにくその裏を知っているので、不思議に思っていた。でも、子供心にも、祖父母の気持はわかった。やはり、見栄を張りたいのだ。

しかし、その自慢話も長くは続かなかった。なぜならば、漁師のSさんが、引き揚げられた茶碗を複数の家に売っていたことが、あとで判明したからである。その時の祖父母の落胆ぶりは、子供心にも痛々しいものだった。もちろん、Sさんはお出入り禁止だ。たぶん、大枚を払っていたのだろう。どこかで、恥をかいたのかもしれない。

じつは、北部九州の海浜の漂着物を研究している石井忠さんによれば、潮の流れの関係で、中世の沈没船に積まれていた陶磁器が、浜に打ち揚げられることもままあるのだという（石井忠『漂着物事典――海からのメッセージ』海鳥社、一九九九）。したがって、魚網に陶磁器が引っ掛かることもよくあることなのである。ちなみに、このエッセイを書くにあたり、八十八歳の母に、あの青磁はどうなったかと聞いたところ、

「そげな験の悪かもんは、とうに売っとるくさ（そんなに、験の悪いものは、とうの昔に売っているであろう）。」

ということであった。さも、ありなん。たぶん、これこそは先祖伝来の唐物の茶碗と自慢したところ、それが他家にもあり大恥をかいたのではないか。おじいちゃん、おばあちゃん、ごめん。ネタにして！

うつ病の特効薬トマト

「関西元気文化圏シンポジウム」という風変わりな名前のシンポジウムが、東京国立博物館で行なわれたことがあった。とある事情で私がコーディネーターになったのだが、私自身がいちばん楽しんだシンポジウムだったと思う。この「関西元気文化圏」の提唱者は、文化庁長官の河合隼雄さんで、長官自らが基調講演を引き受けてくださった。河合さんの主張は明快で、関西こそ中央に対する地方の代表であり、関西が元気になるということは、日本の地方が元気になるということである。地方全体が元気になるということは、日本全体が元気になるということである。今の日本はあまりにも、東京集中、経済優先。だから、東京に対する関西、経済に対する文化、この二つを結びつけて、文化の力で関西を元気にしようというものである。すべての地域が、同じ目標を掲げることはない。関西は文化力だ。元気のない時ほど、芸術や文化の出番であると、河合さんが冒頭に熱く語ったのが印象的だった。

河合さんの挙げた数字によれば、交通事故の年間の死亡者が七千人であるのに対して、自殺者は三万人であり、伏せられているものも含めると、さらに増えるということであった。ここまで来れば、一種の戦争状態と言えるかもしれない。そして、日本人にいちばん多いのは、うつ病で、五十代と六十代の男性の自殺者がいちばん多いのだという。そういう人びとをカウンセリングするうちに、芸術に触れることをきっかけに生きる力を取り戻す人が多いことに、河合さんは気付いたのだという。だから、「元気のない日本には、芸術が必要だ。経済で元気のない関西には、文化力が必要だ！」とこの運動を提唱された、というのである。

なるほど、お金や経済力は大切だが、売り上げ高は目標であって、目的ではない。人生の目的が、売り上げではないはずである。最大公約数的に言えば、目的は個々人の幸福だろう。人生そのものの目的が売り上げではないはずだ。ただし、目的を達成するために、目標は必要である。だから、目標へ向かっての競争もある。売り上げ目標や、収益率改善目標のような。私なりに、河合さんの言葉を翻訳すれば、今の日本にいちばん必要なことは、芸術の無用の用を日本人一人ひとりが知ることである、ということになるのではないか。私が言うのもおこがましいが、これこそ芭蕉のいう「夏炉冬扇」ではないのか？

実は、人間社会というものは、人間の頭ですべてが理解できるほど単純なものではない。つまり、人間社会の複雑さを、人間の持っている情報処理能力で理解するということ自体がどだい不可能なのである。ということは、人間は常に不可解なもの、不条理なものを抱え込んでいるのである。それは、人生についても言える。自分の人生ですら、すべてがコントロールできるものではない。自分にとってすら、自分は不可解で、不条理なものなのである。うつ状態の極みの時にもらったトマトで、生きる力を取り戻した人もいるそうだが、だからといって、すべてのうつ病の人にトマトが効くわけではない。なんと、不条理なことか！　言葉というものは、本来実用的なものであるが、詩の言葉があるのは、詩の言葉を通じてしか、表現できない世界があることを示している。それは、実用の言語から見れば、不可解なもの、不条理なものである。詩的言語とは、いわば無用の用なのであり、「夏炉冬扇」なのである。

最後に、話を私的なことに還元してしまうが、ご寛恕を乞う。私はこの二十年間、同世代の研究者と論文やポストをめぐって競争してきた。これからも、そうだろう（『万葉集』は優雅かもしれないが、研究者間には熾烈な競争があるのである）。しかし、最近は恥ずかしながら、絵とオペラ、歌舞伎くらいは見に行くようになった。それは、けっして研究のためではない。かっこつけていうと、すこし余裕を持ちたいからである。四十の半ばを過ぎて。

ところで、歌舞伎を見に行っても、オペラを見に行っても思うことがある。その観客のほとんどは女性なのである。だから、女子トイレは長蛇の列。そして、最近、もうひとつあることに気付いた。それは、五十代と六十代の男性が極端に少ないということである。働いて、働いて、死に急ぐ男たちよ。芋、蛸、南京、芝居に絵、そして俳句。いろいろあるよ。道端の草だって、きれいだし……。

長崎有情

ロシア革命の混乱のなかで殺されたニコライ二世。その最後のロシア皇帝の体には、極東の小国・日本に関わる二つの刻印が刻まれていた。ひとつは大津で受けたサーベルの刀傷である。警備を担当していた巡査・津田三蔵は、皇太子として日本を訪れていた彼に突然斬りかかり、彼は九死に一生を得たのであった。人力車の車夫の機転がなければ、斬り殺されていたと言われている。この事件は、ロシアの強大な軍事力を恐れていた時の政府を震撼させることになる。世にいう大津事件である。頭に受けた刀傷は、不幸な刻印となったことであろう。日露戦争の敗戦は、皇帝の権威を傷つけ、それはロシア革命の導火線ともなったからである。もう、その日露戦争から百年の時が過ぎたのだ。

もうひとつの刻印は、左右の腕に刻まれた刺青である。こちらは、粋な長崎土産だ。長崎に停泊したニコライは、人力車で長崎の街を楽しんだ。長崎とロシアの縁は深い。なぜならば、当時の長崎は、ロシアの東洋艦隊の避寒地だったからである。したがって、ロシアの軍艦が着くと、長崎の街はロシア景気に沸いたと言われている。港町にはつきものの「遊び場所」もあった。「ロシアマタロス休息所」である。この休息所で働いたのは、有名な長崎・丸山の遊女たちであったが、日本側はロシア側の求めに応じて、梅毒検査を行なっている。ちなみに、これをもって、わが国の検梅制度の嚆矢とする書も多い。

そのマタロスすなわちマドロス休息所が、稲佐郷《いなさ》にあったのである。したがって、長崎の稲佐は、ロシア人にとって特別な場所であった。そういう縁もあり、稲佐の悟真寺の一角には、ロシア人墓地もある。刹那の快楽を求め、この地に集い、不慮の病を得て、稲佐の地に葬られたロシア人たちが、今もここに眠る。

ニコライも、稲佐の料亭ボルガでロシア料理を食べている。そして、彼はロシア語に堪能だった美女、道永エイと一夜をともにし、さらには、長崎のほりもの師に、龍の刺青をさせたのであった。「皇太子、長崎の休息」である。後に彼女は、事業に成功し「稲佐のお栄」と称されることになる。時に、明治二十四（一八九一）年四月のことである。

十年も前のことだが、私が母を連れ立って、長崎に遊んだのは、ほかでもない、稲佐山に登り、悟真寺のロシア人墓地を訪れたかったからである。現在、ロープウェイで山頂まで行ける稲佐山からは、長崎の街を一望することができる。港と山と街が渾然一体となった歴史の街・長崎が眼下に広がるのである。双眼鏡を覗けば、ミッションスクールのマリア像が見え、それは私たちの旅心を満足させるものであった。

そして、いよいよ悟真寺。ここでは、中国人も日本人も、ロシア人も、仲よく眠っている。かつては外人墓地といわれていたが、今では国際墓地と称している。それも、時の流れだろう。そこにはもうひとつ、時の流れを感じさせるものがあった。旧ソ連邦の大使の稲佐来訪を顕彰した看板である。今や、ソビエトという国名も過去のものとなった。看板もまた、歴史の生き証人となっているのだ。ほとんどが無縁仏だそうだが、掃除も行き届いていて、長崎の人のやさしさを感じることができて、嬉しかった。図鑑を見ないとわからない雑草であったが、マーガレットに似た花のなかにロシア人たちの墓標は建っていた。私にはロシア語など、解することはおろか読めもしないが、墓地に眠るロシア人には、それぞれの人生があり、今縁あってここに眠るのである。

さらに、私には楽しみにしていることがあった。長崎を代表する菓子司、岩永梅寿軒で菓子を買いたかったのである。長崎には、江戸時代に、中国から渡来した唐菓子が数種類、今に伝わっている。ひとつは、「よりより」といわれるもので、「かりんとう」の原型である。もうひとつ挙げると、「口砂香」といわれる菓子を挙げることができる。これは、いわゆる落雁系統の干菓子で、伝えによれば唐人との間にできた混血児の養育費を捻出するために秘伝が伝えられたのだという。長崎と言えばオランダ貿易と思われがちだが、実は中国との貿易量のほうがずっと大きかった。唐人町には、江戸期数万人規模で中国人が住んでいた。岩永梅寿軒の口砂香は素朴な干菓子で、砂のようにボロボロと崩れる落雁であった。口上によれば、粳米《うるち》を炒って、粉にして、砂糖と混ぜ合わせ、固めたものという。実は、江戸時代、砂糖は貴重な輸入品であり、長崎土産として「口砂香」はもてはやされていたのであろう。

さて、最後に私たちは、泊まっていた宿の主人の勧めにしたがって、ロシア料理を食べて、帰ることにしていた。ああ、なんと幸福な旅だろう。ロシア料理なんて。今回の旅の終わりにふさわしい。しかし、その望みはあっけなく潰《つい》えた。教えられた場所に行くと、店じまいをしたとのこと。「あー、もうずぅーっと前に、つぶれとりますたい」と街の人は気の毒そうに言う。私たちは、宿の主人を少し恨んで、長崎の街をあとにしたのであった。

万葉恋歌抄・素稿

最近、とある出版社の依頼で、いくつかの万葉恋歌の新訳をはじめた。暗中模索、悪戦苦闘、どうやったら若い人にも『万葉集』っておもしろい、と思ってもらえるか。そんな厨房の裏側をお見せしたい。名付けて、「万葉恋歌抄・素稿」。ご叱正をいただければ幸いである。最初に、新訳を示し、次に書き下し文を添え、最後に解説を加えることとした。

一

遊びでいいかげんに
俺、思ってないからね――
そう思ったら……
人妻であるおまえを
慕いつづけることなんかありゃしないさ！

凡《おほ》ろかに
我《あれ》し思はば

人妻《ひとづま》に
ありといふ妹に
恋ひつつあらめや
（作者未詳　巻十二の二九〇九）

人妻に自分の思いをぶつける男の歌。「凡ろかに」は、「いいかげんに」とか「通り一遍に」という意味。つまり、男が言いたいのは、俺は本気だということである。本気だということを言うために、大げさにはじまっているのである。ダメなことはわかっている。でも、それでも俺は本気なんだ、ということを伝えたいのであろう。

二

選ばれしエリート
そのプライドも
もう、そんなもんありゃしない――
恋というヤツのために
俺はもうくたばっちまいそうだ！

ますらをの
聡《さと》き心も
今はなし
恋の奴《やっこ》に

我《あ》れは　死ぬべし

(作者未詳　巻十二の二九〇七)

恋歌の「ますらを」はいつもメロメロで骨抜きである。「ますらを」とは、武人として、官僚として選ばれた男子であり、エリート意識を持っている。そのエリートが、もうメロメロでダメです……というところにこの歌のおもしろさがあるわけで、万葉の時代、人気を博していたようだ。同じパターンの歌が多い。

三

一目見た人を
恋しく思う気持ちは……
空をかき曇らせて降り来る雪のように
消え入りそうに思われる

一目見《ひとめみ》し
人に恋《こ》ふらく
天霧《あまぎ》らし
降り来《く》る雪の
消《け》ぬべく思ほゆ

(作者未詳　巻十の二三四〇)

恋をすると、相手が偉大に見えることがある。そして、自分が微細な存在に思えてくる。それは、恋が憧れから始まるからであろう。まして、一目ぼれならなおさらのこと。それを喩えるのが、「天霧らし　降り来る雪」なのである。雪のように、私の恋などはかなきものか、作者もそう思ったのであろう。

四

ほのかに光を放つ玉
そのようにかすかに見ただけで
別れてしまったら……
むしろ、無償に恋しくなってしまうだろう
また逢う日まで――

玉《たま》かぎる
ほのかに見えて
別れなば
もとなや恋ひむ
逢《あ》ふ時までは

（七夕歌　山上憶良　巻八の一五二六）

この歌は、山上憶良の七夕歌である。したがって、内容は、牽牛と織女の七夕のデートを歌ったもの。天平二（七三〇）年の七月八日に、大宰帥《だざいのそち》・大伴旅人宅に集まって、作った歌のひとつ。万葉の七夕歌の特徴は、一般の恋歌と区別がつかないところにある。短い時間だからこそ、瞼に焼き付いて離れないのである。

五

世の中ってぇやつは
いつもこんなもんだと思うけどさ
懲りずに――
また、惚れちゃった！

世の中は
常《つね》かくのみと
思へども
かたて忘れず
なほ恋ひにけり

（作者未詳　巻十一の二三八三）

恋というものの宿命を歌った歌。「なほ恋ひにけり」を「また恋してしまった」ととらえて、俺って懲りないヤツだなという三枚目風に訳してみた。わかっちゃいるけどやめられない……という感じである。恋と失恋、生別れと死別れを繰り返して、人は生きてゆくのである。

六

いまさら
もう恋なんかするもんかと
わたし思っているのに……

いったいどこのどいつの恋だい
つかみかかってきやがるのは！

恋は今は
あらじ　と我れは思へるを
いづくの恋ぞ
つかみかかれる

（広河女王　巻四の六九五）

もう恋などしないと思っていたのに、恋に陥りそうな女の歌。「いづくの恋ぞ　つかみかかれる」は、こちらは望まないのに、襲われたということである。恋がつかみかかってくるというのは、大げさな言い方だが、突然むなぐらにつかみかかる暴漢のように恋を歌うのは……おもしろい。言い得て、妙というほかはない。才を感じさせる異色の女歌。

博多、母、そして『万葉集』

インタビューで、よく先生はなぜ万葉学者を目指されたのですか、と聞かれることがある。実は、私は歴史学科志望だったから、高校時代には国文学を学ぼうなどと思ったことはなかった。まして、『万葉集』なんか、学ぼうなどという気はさらさらなかった。残念なことに、歴史学科の試験に落ちたのである。そこで、いちばん歴史学と近い、国文学の分野を探したのである。私が進んだ大学は、幸いにも歴史学や民俗学を国文学とともに、教育の柱にしていた大学であったから、おおむね私の望みは満足させられたことになる。『日本書紀』も『万葉集』も、ともに人間の記録であるから、大差はない。今となっては、『万葉集』のほうが、楽しいと思っている。

母・上野繁子は、ホトトギスの同人だが、写生句よりも心情句を得意とする俳人である。その縁で俳誌にエッセイの寄稿を求められることもあるが、俳句を発表したことはない。一族郎党には大した俳人はいないが、皆地方の俳壇の選者級なので、「なして、マコちゃんな、俳句ばしなさらんと。おかぁしゃまの跡目ば継がないかんとにくさ」と、冠婚葬祭の宴の度に言われる。それがいやで、宴を辞したことすらある。育った博多というところは、俳句に関してはそういう土地柄なのである。松山ほどではないにしても。

私が、小学館から『小さな恋の万葉集』（二〇〇五）という本を出し、その訳調の目新しさが話題になったことがあったが、とある評論家が著者は俳人であると紹介した。が、しかし、これは誤り。抗議すると、訳調が俳句的で、てっきりそう思い込んでしまったとのことであった。ただ、ひょっとすると、彼は母のことを知っていたのかもしれない。次に遇った時には、問い詰めてみよう。さらに勘ぐると、ひそかに私に俳句を創作させたいと考えている母の陰謀かもしれない。私は、俳句は作りません。絶対に。母上様。

その『小さな恋の万葉集』では、「恋といへば　薄《うす》きことなり　然《しか》れども　我《あれ》は忘れじ　恋《こ》ひは死ぬとも」（作者未詳　巻十二の二九三九）を、

　口に出して言ってしまえば
「恋」なんてうすっぺらな言葉だよ……
でもね、アタイはね、忘れないよ、アンタのこと。
たとえ、恋に狂って、死んじまったとしてもね――

と訳した。この訳は、「教養はなくても、自らの思いを正確に伝えようとした女のまごころの声として」訳してみたのだが、珍しく母が誉めた訳文であった。母は、私の洒脱な訳文やエッセイを好むが、砕けすぎを心配していると側聞する。

「うち」なる歴史を見つめよ！

昭和三十五（一九六〇）年生まれの私が昔語りをするのもおこがましいが、三十年ほど前には、赤ん坊の泣き声にいたたまれなくなった母親が、電車のなかで乳房をさらして授乳する光景がまだ見られた。しかし、多くの乗客はほほえましくそれを見ていたものだ。つまり、「あたりまえ」だったのである。もちろん、若い男はドキマギしたが、それを表に出すことはなかった。

もうひとつ、昔語りをしよう。私が玄海の島々を歩いた一九八〇年代、明治生まれの海女さんたちは、フンドシ一枚で東京から来た学生にアワビを採ってくれた〈今から考えると、私に〈昔〉を演じてくれたのであろう〉。彼女たちは、仕事で裸になるのは「あたりまえだ」と言っていた。かつて、島の若い男たちは、この「あたりまえ」の裸を何らかの理由をつけては……覗き見に行くことも多かったのである。その知恵を絞った作戦の数々を、酒席でのバレ話として、繰り返し聞かされた思い出がある。だから、私は、あけすけでいて味のある老いた男女のバレ話が、今でも大好きだ。

けれども、昭和のはじめころより、島外からの観光客が、海女たちの裸を見にやって来るようになった。このことをきっかけとして、海女の裸に対して賛否両論が起こり、どの島でも胸を隠し、腰巻を着用するようになっていった、という。しかし、海女たちが気にしたのは、金を取って裸を見せているという「よからぬ風聞」のほうで、島の名誉のために女たちは胸を隠すようになっていったのである。裸をめぐるウチの視線と、ソトの視線があったのである。そして、女たちはウチの視線には、ある程度寛容であったことがわかるのである。

幕末から明治の写真集を見ると、多くの人びとが半裸で働いている。管見の限りでは、駕籠《かご》かきや足踏み水車の踏み手もフンドシ一枚であった。私の記憶では、まだ三十年ほど前までは、裸で肉体労働をする人びとをよく見かけたように思う。しかし、だからといって、どんな場合でも裸が許されていたわけではない。授乳や特定の労働のために、人前で半裸になることについては許容するという社会的な合意が存在していたと見るべきなのである。それは、子供の裸についても言えるだろう。この三十年で街から裸が消えていったということは、そういう社会的な合意が失われていったことを示すのである。したがって、授乳に関しても、好奇の視線が注がれるようになり、見られる側に羞恥の心が芽生え、視線をさえぎる授乳室が生まれたのである。私は、思う。常に「うち」なる歴史に眼を向けよ。そして、歴史を見つめる眼力を養え、と。自戒の念を込めて。

甘樫丘の佐藤榮作首相――『佐藤榮作日記』から

佐藤榮作首相の涙

今を去る二十年前のこと、東京から関西に赴任したばかりの私を、犬養孝先生はよく可愛がって下さった。学会のあとなど、よくお茶にさそって下さった。その折の話。先生が、佐藤首相に対して甘樫丘から、飛鳥について解説をした話を聞いたことがある。犬養先生は、私にこう話して下さった。「上野君、あの時ね。佐藤さんはねぇ。泣いたんだよ。あの時、そりゃぁ、号泣はしないけどね。目に涙を浮かべてね。飛鳥の人は偉い、飛鳥の人は偉いって、言うんだよ。そりゃぁ、驚いたよ」と。

犬養先生が、佐藤首相が現職の時に飛鳥を案内したのは、昭和四十五(一九七〇)年のことである。では、なぜ首相は飛鳥で泣いたのか?

飛鳥保存元年

一九七〇年と言えば、大阪で万国博覧会が開催された年であった。よく言われるように、東京オリンピック(一九六四年)と、いわゆる万博は、今となって見れば、日本の高度経済成長のシンボルのような祭典であったと言えよう。一方、公害問題等に代表される経済成長の負の側面が顕在化してきたのも、このころであった。その意味では、大阪万博のテーマが「人類の進歩と調和」であったということは、この時期「調和」が希求された時代であったと言えよう。開発と景観保全をどう調和させるかということが、当時社会問題化していたのである。もちろん、飛鳥も、その例外ではなかった。
飛鳥の景観保存の諸法令整備は、一九七〇年を機に大きく動き出し、いわば歴史的景観保全のシンボル的存在となってゆく経緯がある。新聞紙上では連日のごとくに、飛鳥を守れとのキャンペーンがなされたのも、このころである。いわば、機が熟していたのである。

一九七〇年六月二十八日

一九七〇年は、日米安全保障条約改定の年であり、いわゆる七〇年安保の年である。当時の政権は万博と安保を抱き合わせて、七〇年安保を乗り切ろうとしたのであった。一方、日米繊維交渉は、剣が峰を迎えており、『佐藤榮作日記』を見るとその対応に追われている様子がよくわかる。また、日米の微妙な問題については、若泉敬を密使とした交渉が行なわれていた時期でもある。そういったなか、佐藤は、着々と飛鳥保存を進めていたのであった。
では、どのような思いで、甘樫丘に上ったのだろうか。『佐藤榮作日記』を覗いてみよう。
六月二十八日（日）
朝九時半の「光」で西下、京都駅で奈良電に乗りかへ大和路の見物につく。奈良駅で下車、近鉄の新に建設した奈良ホテル別館に入り、県庁、若草山等の景観をながめ、記者会見。対話は大部分「明日香」の里の問題に集中。保存と開発と地域住民の生活と三者の調和にありと説明する。その為中央、地方自治体、地域住民の意見を充分に聴取して対策をたてると説明。会見を終ってすでに保存にとりかゝっておる「平城宮跡」を観る。仝時に現地で説明をきく。

（佐藤榮作『佐藤榮作日記　第四巻』朝日新聞社、一九九七）

佐藤の『日記』は、私の見るところ備忘録という側面と、出会った人物の控え帳という側面が強い。自分のなかで、仕事の流れを整理して、あとでふりかえるためにつけた日記である。もうひとつの役割は、おそらく会った人物のことを忘れないために日記をつけていたようである。したがって、人物名がやたらに出てくる。だから、自分の思いというものを綴るというような日記ではない。けれども、乗り物の記述だけは、丁寧にしてある。それは、やはり佐藤が鉄道省出身であることに由来しているのではないか。ここは、微笑ましいところ。「奈良電」という言い方が、今では少し古風に聞こえるが……。

まず、佐藤は奈良ホテルの「別館」すなわち「新館」に入っている。ここでの記者会見は、当然明日香に集中している。実はこの視察は、翌六月二十九日月曜日の万博の「日本デー」出席を兼ねた西下であったが、一方佐藤は自分が飛鳥に行くことの政治的意味を充分に意識していたことは間違いない。

記者の質問の大部分は、「『明日香』の里」の問題に集中したようである。一地域の景観保存のために首相が来県したのだから、当然であろう。ここで、佐藤が留意したのは「保存」「開発」「地域住民の生活」の調整であったことがわかる。文中の「中央」とは、総理府を中心とした官庁を言い、地元の村と県、地域住民の三者の意見を聴取して、立法する旨を説明したのであった。こうして、首相は、明日香に入った。『日記』を見てみよう。

……次は愈々明日香村に入り、甘橿ヶ丘に上って全貌を見る。発見されおる史跡はすでに数十。遺構、古墳等多く、殊に当時のならはしで帝一代で宮を造営された為宮跡も多く、御陵も数多い。誠に歴史上わすれ難いもの。万葉の犬養（孝）先生や考古学の権威末永（雅雄）、寺尾（勇）博士等の説明を入り代り立ち代りきく。先生方にも今後の処置についての意見もあり、是非聴かねばならぬ。「保存と開発と生活」の問題で、一と三が重点。……

（同『日記』）

ここで「愈々」と書いているところがおもしろい。この日の視察のメインが、飛鳥にあるということを表現しているのである。ここで注目すべきは、佐藤が珍しく説明の内容まで書き留めているということである。おもしろいのは、一代一宮制の話までも聞いて書き留めていることである。平城宮↓藤原宮↓飛鳥と移動しているため、ここではさらに遡って学者から飛鳥時代の宮の変遷について説明を受けたと考えられる。甘樫丘で説明したのは、万葉学者の犬養孝と、考古学者の末永雅雄、美術史学者の寺尾勇であった。三名は、当時学界を代表する学者であり、この後も飛鳥保存に大きな役割を果すことになる。ここからは、妙に力の入った記述となっており、「先生方にも今後の処置についての意見もあり、是非聴かねばならぬ」と特記している。その具体的内容とは、「『保存と開発と生活』の問題で、一と三が重点」で、「保存」と「生活」という点が肝要だと書き留めている。佐藤は、指定地域内での住民の不便をよく理解していたのである。

……前村長（脇本熊治郎）並に現村長も共に説明してくれる。殊に今迄原型のまゝ維持して来た前村長や地域住民に感謝しなければならない。大阪のベッドタウンとして開発寸前にあったこの地を守り抜いた功績は立派なもの。……

（同『日記』）

ここも、佐藤の感激ぶりが伝わってくる文章となっているところである。これまで、何の国からの見返りもないのに、前村長・脇本熊治郎と明日香村の住民が、この景観を守り抜いたことを「感謝しなければならない」「この地を守り抜いた功績は立派なもの」と言っている。感激しきりというところだろう。

超党派の議員立法で

……尚この地には佐々木更三君も西村栄一君も小生より一足先に現地調査済みの由。だから超党派で立派に維持保存が出来、地元住民の生活を守る事が出来るに違いない。自民党の「明日香を守る会」の会長は橋本登美三郎君、今後はこの会も超党派にする事が必要。

（同『日記』）

この部分は、佐藤が、飛鳥保存をなるべく超党派の議員立法で行ないたいという希望を持っていたことが伝わるところである。佐々木更三は、元社会党の委員長で、東北弁で親しまれた名物代議士。社会党左派の実力者である。西村栄一は、民社党の現委員長であり、ともに野党の指導者である。ふたりとも当時の野党の実力者であった。佐藤の考え方は明瞭で、まず自民党に「明日香を守る会」を作り、野党議員とともに議員立法をめざすというものであった。では、なぜ、佐藤は超党派の議員立法にこだわったのであろうか。それは、ひとつには、飛鳥保存の問題は、国民的合意形成の上で行ないたいと考えたからであろう。つまり、政争の具にしたくないというなみなみならぬ思いが伝わってくるところである。おそらく、佐藤には二つの思いがあったに違いない。日本という国家の胎動の地の保存を、民間・行政・議員・財界が一体となってやりとげたいという思い。財界には、盟友の松下幸之助がいるので問題はない。議連については、腹心の橋本に任せ、超党派で国民的保存運動をめざしたのであった。もうひとつは、国がこれからはしっかりとした指針を示すことが、今までこの地を守った飛鳥の人びとに対する敬意を表すことになると考えていたのではないか。

現地を見てからバスで大阪ロイヤルホテルに直行。因に今回の使用車は全部バス、多い時はそれでもバス三台となる。ホテルで吉永貫一兄、聞知君やとく子さん等と夕食を共にする。貫一兄とは久しぶりの対話。元気なので大いに悦ぶ。

（同『日記』）

こうして、佐藤の飛鳥視察は終わった。このあと一行は、大阪ロイヤルホテルに向かって首相は親類と食事をしている。実はこの日は、すべてバス移動であった。なぜならば、保利茂官房長官・木村俊夫同副長官・橋本登美三郎運輸相・宮沢喜一通産相・山中貞則総務長官・今日出海文化庁長官という諸閣僚が大挙して同行していたからである。閣僚の人数が多いために、バス移動という方法がとられたのである。これは、首相の国内視察としてはまさに異例であった。まさに、閣僚の飛鳥詣でである。

万博の利益の一部が飛鳥の保存に使われたことを考えると、万博と飛鳥とは、奇縁で結ばれている。いや、むしろそれは当然かもしれない。万博がめざしたのが「人類の進歩と調和」であるならば。もちろん、それは安っぽい因果論で、飛鳥保存に携わった多くの人びとの思いが、一九七〇年という年に結集されたと見なくてはならないだろう。そういう思いの大きな高まりが、六月二十八日の首相の飛鳥視察となったのである。そして、首相はこの日甘樫丘で泣いたのであった。

娼婦に語りかける折口信夫

ほんとのことを言うと、私は『正論』の巻頭エッセイの執筆依頼を受けた時、これを断ろうと思った。いわゆる色がつくからだ。が、しかし。一転して私は書くことを決意した。なぜならば、どうしても、『正論』の読者に知ってほしい事柄を思いついたからだ。二〇〇八年、私は『魂の古代学――問い続ける折口信夫』（新潮社）を上梓して、久しぶりに折口の詩を精読する機会を得た。古典学、民俗学の泰斗として知られる折口信夫（一八八七－一九五三）は、また歌人・釈迢空としても知られている。私は、彼ほど独自に、彼ほど自在に、日本文化について考えた学者は近代にはいないと思っている。そんな折口と私は格闘してきたわけだが、この文はその余滴ともいうべきものである。

彼は、敗戦直後、「やまと恋」という詩を発表している。折口は、おいぼれた私の繰り言を、女たちよ聞いてほしい！　と語り出す。日本には、こんなすばらしい恋があったのだ。恋せよ女たち。女たちよ、今は戦いに敗れたが、清らかに装って、そしてふたたび恋をしてほしい、と折口は語りかけるのである。折口は歌うのである。そして、この詩の最終連は以下のようになっている。

をみな子よ―。恋を思はね。
美しく　清く装ひて

誇りかに　道は行くとも、
　倭恋　日の本の恋　妨ぐる誰あらましや——。
恋をせば　倭の恋
美しき　日の本の恋。
　恋せよ。処女子

（「やまと恋（近代悲傷集）」『全集』第二十六巻、中央公論社、一九九七。
初出一九四六『四季』再刊号）

折口は、敗戦後の混乱期に、こんな詩で女たちを励ましたのであった。では、なぜ折口はこんな詩を残したのだろう。その理由は、この詩についている反歌を注意深く読めばわかる。

　反　歌
たはれめも　心正しく歌よみて、命をはりし
　いにしへ思ほゆ
をとめ子の清き盛時《サカリ》に　もの言ひし人を忘れず。世のをはりまで
道のべに笑ふをとめを　憎みしが——、芥つきたる髪の　あはれさ

ここで言う「たはれめ」とは「遊女」のことである。かつては、この国では遊女ですら、心正しく歌を読んだのだと折口は歌い、第二反歌では、女たちよ初恋のことは一生忘れてほしくない、と歌う。『万葉集』をはじめとする日本の古典文学には、伸びやかな恋歌が多いのである。

凡《おほ》ならば　かもかもせむを　恐《かしこ》みと　振りたき袖を　忍びてあるかも

（巻六の九五六）

筑紫の遊女「児島」は、大伴旅人の平城京帰任にあたり、こう送別の歌を贈ったのであった。今は「あなたさまが普通のご身分のお方でいらっしゃったなら、どうとでもこうとでもしましょうものを、あなたさまはご身分高きお方。別れにさいして振りたい袖もがまんしましょう」とでも釈義を作って示しておこう。折口の脳裏にあったのはこういう万葉歌であるに違いない。

最後に、折口は「道のべに笑ふをとめ」を見て憎しみが込み上げたと歌っている。しかし、垢のついているをとめの髪を見ると女たちを哀れと思うようになった、と歌い納めている。「道のべに笑ふをとめ」は、あきらかに街娼のことだ。折口の考えは、こうだ。今、戦いに敗れて、女たちは占領軍の兵に体を売ることすらある。それを憎いとは私は思わないことにする。その春を売る女たちよ、もう一度、あの『万葉集』のような、『源氏物語』のような「やまと恋」をしておくれ……と折口は女たちに願っているのである。

声高に売春を咎めるのは簡単だ。折口は、そういう街娼たちに対して、恋することの大切さと「やまと」の恋の美しさを説いたのであった。ここに私は、弱き者に共感し、それを励ます折口の思惟のありようを読み取る。そして、折口のやさしい心に思いをはせる。今。

国文学は瑣末な学問である

とある考古学者から、『古事記』上巻の「黄泉つひら坂の坂本」について、質問を受けたことがある。ここは、「ひら坂」を傾斜のある坂《さか》ととるか、平面の堺《さか》ととるか解釈が難しく、論争のあるところ。しどろもどろに私が説明を終えると、この考古学者は、やや呆れたように、またやや侮蔑的な笑いを浮かべながら、こう言った。「国文学者って、どうしてそんなに瑣末なことに関心があるんですか」と。「てめぇ、わからないから質問しておいて、その言い草はなんだ」と胸ぐらをつかむということなどできもしないけれど、不愉快なることこの上もなし。しかし、考えてみると、たしかにわれわれは瑣末なことが好きだ。二〇一一年四月に、高校生向けに『国文科へ行こう』（明治書院）という編著を出した時も、自らの重箱の隅を突く瑣末さにウンザリしたものだ。でも今日は、あのにっくき考古学者への腹いせのために、思いっきり瑣末な話をしよう。

天智天皇の死を悼んだ倭大后《やまとのおほきさき》の歌に、こんな歌がある。

大后の御歌一首

いさなとり　近江の海を　（いさなを取るというわけではないけれど）近江の海を……
沖離《さ》けて　漕ぎ来る船　沖を離れて漕ぎ来る船——

辺《へ》に付きて　漕ぎ来る船
沖つ櫂《かい》　いたくなはねそ
辺つ櫂　いたくなはねそ
若草の　夫《つま》の
思ふ鳥立つ

岸辺に付いて漕ぎ来る船――
沖から来る船のかいよ　たいそう水をはねないでおくれよ
岸辺から来る船のかいよ　むやみに水をはねないでおくれよ
（みずみずしい若草のごとき）夫の
愛している鳥たちがね、飛び立ってしまうからさ！

（『万葉集』巻二の一五三）

この歌は、沖と辺の対比を歌っていることは一目瞭然だ。「沖」は、奥であり遠くということである。ここまではよい。ところが、難しい問題がこの歌にはあるのだ。「辺」は岸辺近く、「さ（離）けて」は、離れるという意味である。すると、「離れて漕ぎ来る」ということになる。それでは、倭大后から離れていくのか、倭大后のほうに近づくのか、わからないではないか。「沖より漕ぎ来る船」「沖離けて漕ぎ行く船」というのならまだわかるが、この部分の解釈は、はなはだ難しい。「沖離けて漕ぎ来る」という部分は、万葉学徒たちが頭を痛めてきた難問なのである。

この難問を最初に解こうとしたのは、私の見るところ、江戸時代の学問僧・契沖（一六四〇－一七〇一）であった。契沖は、江戸期の古典学の基礎を築いた碩学で、その学問態度は、中国の厳密な考証学の影響を受けて、きわめて実証的である。まず、契沖の注釈書『萬葉代匠記』精撰本を見てみよう。「奥サケテ〈コキクル舟トハ〉奥ヲサカリテ此方ニクルト云ニハアラス。〈奥ノ遠ク放レル方ヨリ來ル舟ナリ〉奥ツカイハ奥ヨリクル舟ノ棹《カイ》ナリ。邊ツカイハ邊ニ附テ來ル舟ノ棹ナリ。」（契沖『萬葉代匠記』精撰本）。契沖は、「沖離《さ》けて漕ぎ来る船」とは、沖を離れてこのほうに来るといっているのではない。沖の遠く離れているほうからやって来る船のことだと言うのである。こう解釈しないと、「離れる」と「来る」

との関係がわからなくなり、どこからどこに来るのかわからないのである。契沖は、「沖を離れて来る」のではなく、自分から見て沖の遠く離れている所から船はやって来ると解釈しようとした。これを一歩進めて、「沖を見放して、の意で、沖から岸へ、の意を表す」としたのが、『新編日本古典文学全集6』の頭注である（小島憲之他校注・訳、小学館、一九九四）。沖をはるかに見放したところから、倭大后のほうに船はやって来ると解釈するのである。しかし、そう解釈してしまうと、結果的には「辺に付きて漕ぎ来る船」と示す内容が同じとなってしまう。違うのは移動距離だけとなる。この指摘をしたのは、緻密な構成読解論で知られる影山尚之である（「大后御歌——天智天皇挽歌続考」『園田語文』第九号、園田学園国文懇話会、一九九五）。たしかに、影山の言うように、船の動きがこれではわかりにくい。沖の離れたところを見放してこっちにやって来る船というのなら、「沖つ櫂」と「辺つ櫂」を言い換える必要などないはずだ。同じ船の櫂なのだから。というより、そういう言い換えが成り立ちにくい。

一方、契沖の解釈を踏まえ、具体的な解釈案を提示しようとした学者がいた。昭和の万葉学を集大成した澤瀉久孝である。澤瀉は言う、

次に「邊つきて」とあるのと對になつてゐるのを見ると、たしかに「沖を離れて」の意ではないやうであるが、「奧ノ遠ク放レル方ヨリ」も少し説明が足らず適切でないやうに思ふ。こぎ来るとあるから作者の立つ位置に近づく事を意味するには違ひないが、岸と直角に沖より来るのではなくて、岸に平行してしかも作者に近づいている場合で、沖に離れて漕いで来る、即ち岸より離れて沖の方を通りつゝ近づく、の意と見るべきである。

（澤瀉久孝『萬葉集注釋』第二巻、中央公論社、一九八二）

と。つまり、一般には、沖とは海の向うをいうのであるが、澤瀉は岸辺に沿って遠くからやって来る

船も、「沖離けて漕ぎ来る船」と言えるのだというのである。したがって、澤瀉は「沖に離れて漕いで来る、即ち岸より離れて沖の方を通り」ながら岸に沿って、こちらにやって来る船と解釈するのである。イメージとしては、岸に沿って、自分の左か右側から、自分に近づいて来る船ということになるであろう。たしかに、「辺に付きて漕ぎ来る船」というのは、岸に沿って進行することだろうから、岸に並行してというのは納得がゆく。ただ、澤瀉の解釈案だと、沖に離れて漕いで来る船が、岸辺近くになると、九〇度曲がって向きを変え、岸に沿って進みだし、右か左のどちら側からか、倭大后のところにやって来ることになる。果たして、そんな複雑な動きを、倭大后は表現したかったのであろうか。また、そんな船の動きを伝えたいと思った理由は、どこにあるのだろうか。疑問だ。そんなはずは、あるまい。

すべての問題は、「離る（離れる）」と「来る」を、どう解釈するかにかかっている。これを表現上の「破綻」だとするのが、前に見た影山論文であり、それを身崎壽が支持している（「倭大后の歌」神野志隆光・坂本信幸企画編集『万葉の歌人と作品　第一巻初期万葉の歌人たち』和泉書院、一九九九）。ただ、万葉学徒に限らず、古典学徒たる者は、表現を分析するにあたって、「この表現は破綻している」とはあまり言いたくないものだ。というのは、表現をした人の意図を最大限汲み取るのが古典研究の王道なので、自分たちがたとえ解釈できない時であっても、表現がおかしいとは、なかなか言いにくいものなのである。それは、ひょっとすると自分にはわからない論理や理屈というものが表現者にはあり、時として自分以外の学者がその論理の解明に成功する可能性もあるからだ。だから、この表現は「破綻」しているとか、「おかしい」とは、あまり言いたくないのである。

『万葉挽歌のこころ——夢と死の古代学』（角川学芸出版、二〇一二）では、乞うご期待で、この難問に挑んではみたものの、自分の解釈案に百パーセント納得できたわけではない。でも、私は、この国文学の瑣末さが大好きだ。限りなく。

阪神・淡路大震災異聞

よく現代社会は、病んでいるという。よく日本人のモラルが低下しているという。よく子供の学力が低下しているという。確かに、そうだろう。暗いニュースばかりだ。でも、世の中捨てたもんじゃない、と思うことがあった。話は、十年前に遡る。阪神・淡路大震災で、私はこんな経験をした。

週刊誌の交換

神戸の須磨区で産婦人科を開業している親戚は、素行の悪い私のお目付け役であり、困った時に駆け込むところでもある。場所は長田にも近く、心配したのだがどうやら家族も病院も無事ということでまずは安心し、月が変わって見舞いに出掛けた時の話である。

梅田から阪急電車で西宮北口にでると、数百メートルに及ぶ長蛇の列。ゴミの収拾ができないせいか、鼻をつく臭いがたちこめていた。待てども待てどもバスは来ない。多少の時間待ちは覚悟の上であったから、週刊誌を買って行ったが、読み終えてしまった。手持ち無沙汰にしていると、後列の初老の紳士が、自分が持っている週刊誌と交換しようという。こうして、週刊誌を交換して読むうちに、三宮行きのバスがやってきた。誰ひとりとして、順番を乱す人はいなかったし、見知らぬ人と週刊誌を交換したのもはじめてであった。

三宮の女子高生

バスの配車の都合で、週刊誌を交換した初老の紳士より、一本早いバスに乗る。互いに声を掛けて。あぁ、被災地にはいるんだなと思いつつ十分、車窓に目をやると、絶句してしまった。三宮から、板宿という駅までどうするか。迷っていると、「わかることなら、教えますが……」と声をかけてくる人がいる。女子高生だ。「高速神戸駅」までは行けますと、彼女の答。よほど私がまごついて見えたのだろう。阪神で高速神戸へ、ここでもまごついてしまったが、いつにない駅員の丁寧な誘導で不通区間の代行バスに乗ることができた。「わかることなら、教えますが……」と声をかけられたのは、生まれて最初で最後である。

声をかけあう人びと

バスのなかには粉塵を避けるマスクをしている人が多く、失礼ながらその光景は異様に見えてしまったが、どういうわけか若い人で座っている人はひとりもいなかった。こうして、目的地の板宿についたのだが、ここでも道に迷ってしまった。つくづく、方向音痴の自分が嫌になる。家をかたづけている人に道を聞くのも悪くて迷っていると、かたづけをしている人のほうから声をかけてきてくれた。理由を話すと、買物に行くので途中までついて来てくれるとのこと。こうして、私は無事に親戚の家にたどり着くことができた。

あの時はやさしくなれた

なんとも、不思議な体験であった。被災者のほうから、すべて私に声をかけてきてくれたのである。この話を神戸親和女子大学の辻憲男教授にしたところ、実は私も同じような体験をしましたと教授。辻さん自身、被災者なのだが、地震直後は自分も含めて誰もが、やさしくなれたような気がするというのである。私は思う。たぶん、自分がやさしくしてもらいたいと思う時、人は他人に対してもやさしくなれるのではないかと。それにしても、被災地の人びとのあのやさしい言葉は、目は……いったい何だったのだろう？

日本人が心を開いた時

日本軍占領下のインドネシアからの留学生だったインドネシア人の教授の授業を、学生時代に聞いたことがある。彼によれば日本人が肌の色の違うわれわれにいちばん心を開いたのは、終戦直後であったという。電車やバスに乗ると、乗り間違いの無いように声をかけてくれたというのである。彼の観察では、汽車のなかで隣り合わせた人どうしが、声をかけあわなくなったのは、昭和三十年くらいからだという。新幹線に乗るビジネスマンは、どうしてあんなに不機嫌な顔をしているのか、たまたま居合わせた隣人になんであんなにそっけないのか、驚いているとも語っていた。人は、どんなとき隣人にやさしくなれるのか。文学を学ぶ者のひとりとして、心に止めておきたい「謎」あるいは「問い」である。

ところで、今でも私は週刊誌を交換した男性の顔を思い出すことができるし、女子高生の顔を思い出すことができる。どちらも、哀しそうではあったが、やさしい笑顔だった、と思う。

光明皇后の愛を感じて正倉院宝物を見てほしい

平城京の時代は、西暦七一〇年から七八四年。つまり、奈良時代である。この時代の文化を感じたければ、東大寺や薬師寺に行けばよいのだが、やはり復元された大極殿に行ってほしい。つまり、ここが、現在の皇居であり、国会議事堂にあたるからだ。約十万人の人口を抱えた当時の都の中心部なのである。一方、奈良時代の美術品・工芸品・宝飾品を見ようとするならば、やはり正倉院展に行ってほしい。

ちょっと話を聞いてみて、「なんと不埒な」と思ったが……。なるほど、そうかもしれない、と思ったことがあった。ある英国人、それもかなりの教養のある人を正倉院展に案内した時のことだ。「この程度のガラス玉や、がらくたがどうして、宝物なのですか」と質問されたからである。私は最初「ムカッ」ときたのだが、しばらくして、ようやく質問者の意図が読み取れた。たしかに、ヨーロッパの皇室や王室のコレクションを美術館で見慣れている人には、あまりにも貧弱なコレクションに見えてしまうのである。正倉院の宝物と言っても、ガラス玉であって何カラットのダイヤではない。それは金銀財宝ではないのである。したがって、この英国人の質問に無下に腹を立てるのも、相手の質問の意を充分に読み取っていないことになろう。

ヨーロッパや中国歴代皇帝のコレクションから見てみれば、ずいぶん見劣りする宝物だが、やはり私は世界に比類のない宝物だと思っている。その「比類がない」というのは、二つの意味においてである。聖武天皇と光明皇后が、その日常生活において使用していた品々が一括して保存されているということは、世界にも比類がない。つまり、八世紀に生きた天皇の日常の生活を復元できる宝物なのである。ちょっと卑近過ぎて笑われるかもしれないが、テレビ、タンス、冷蔵庫、文房具、ソファ等々が家にあるとしよう。二〇一〇年の時点で、どれをどのように使っているかということは、将来の重要な研究テーマとなろう。なぜならば、身の回りの品々が、一括して存在していることは、生活を復元するためにきわめて重要な資料となるからだ。つまり、一代の天皇の身の回りにあった品々を見ることが可能なのである。

もうひとつは、正倉院宝物の基礎になっているコレクションは、聖武天皇が亡くなった後に光明皇后が東大寺の盧舎那大仏すなわち奈良の大仏さんに献上した天皇遺愛の品々なのだが、その献上品のリストが伝わっていることである。『国家珍宝帳』とも呼ばれるリストによって、その品々の素性が明らかなのである。

だから、私は正倉院展を見る時には、次のことを思い出してほしいと思う。それは、このコレクションのもとになった宝物は、光明皇后が今は亡き聖武天皇の遺愛の品々を一括して、〝みほとけ〟に献上したものだということだ。それはまさに、愛の博物館と呼ぶにふさわしいものではないか、とさえ私は思うのである。

八世紀を生きた天皇と皇后。その愛の証を私は、より多くの人びとに見てもらいたいと、毎秋念じ続けている。あをによし奈良で。

「今」「自分」と繋がる宝物

どんなに遠い国の出来事であったとしても、どんなに遠い昔の出来事であったとしても、「今」と「自分」に繋がっていると思う瞬間がある。

天平宝字二（七五八）年の正月。大伴家持は多忙を極めていた。彼は右弁官という要職にあり、大蔵省の事務を取り仕切っていたからである。が、一方。正月には、さまざまな宮廷行事が行なわれ、それに伴う宴会が次々と行なわれる。その宴では、天皇から詩歌を奏上せよとの勅が、いつ出るやも知れぬ。ために、勅に備えて、予め歌の準備をしておく必要があった。いくら即興詠とはいっても、天皇臨席の満座で恥をさらしたくはない。この年の正月三日は、はじめて巡って来る子《ね》の日で、初子の宴が宮中の内裏で行われる予定である。もし、勅が出れば、家持は自作を披露する必要がある。ために、彼は予め歌の草稿を準備していた。

初春の　初子《はつね》の今日の　玉箒《たまばはき》　手に取るからに　揺らく玉の緒

（巻二十の四四九三）

家持は、この日、玉箒というものが、参集者に天皇から下賜されるので、玉箒を歌った歌を奏上しようと準備をしていたのである。玉箒とは、蚕室から繭玉を集めるために用いられる箒のことであり、それを模《かたど》った縁起物のことをいう。箒にたくさんの繭玉がくっついてくれば……多くの絹糸ができる。この行事は、時の内相・藤原仲麻呂が、中国の古い儀式を日本の宮廷行事に取り入れたものであった。家持は、ゆらゆらと揺れる「玉の緒」すなわち、繭玉を模ったガラス玉を詠んで、今年も豊かな年になりますように、と歌おうと準備していたのである。この天平宝字二年の子の日の宴の玉箒が、同じく子の日の行事で使用された鋤とともに正倉院に伝来しているのである。鋤は、豊かなる秋の稔をもたらすものである。まさに、農耕と養蚕の新年の縁起物である。

財を集める箒といえば、東京の読者なら酉《とり》の市の熊手を思い出す人がいるかもしれない。また、大阪の読者なら、「商売繁盛、笹持って来い」のえびすさん（正月十日）の福笹を思い出すだろう。つまり、これらの行事は富の到来を想起させる縁起物を授かる行事なのである。あの派手に飾り立てられた縁起物は、玉箒の末裔といえよう。だから、玉箒を見る時は、わずかに残っているガラス玉を見逃してほしくないのである。それが、揺らく玉の緒で、来るべき新年の富の象徴だからだ。

一方。唐で流行していた風習に、色絹や金箔を切り抜いて、人や花の形を作って飾る行事があった。こちらは、毎年正月七日（人日といわれる）の行事であった。このパッチワークの飾り物は、贈答品でもあり、そこには新年を寿《ことほ》ぐ佳句が書き入れられていた。東京の「皇室の名宝展」で展示される人勝残欠雑張は、天平宝字元（七五七）年に奉献され二枚を一枚に張り合わせたものである。こちらは、佳句を書いて互いに贈りあうということで言えば、年賀状の源流と言えなくもない。

ちなみに、家持は多忙のため、結局子の日の宴に出席することはできなかった。したがって、準備していた歌は、披露されずに、家持の手元に未発表のまま残っていたのである。その歌が、後に万葉集に収められたのであった。正倉院と万葉集と今とは、そんな奇縁で結ばれているのである。

祖を偲び、歴史に学ぶ「御国忌」

関西に来て十二年。あをによし奈良も、私の故郷になった。赴任して最初に驚いたのは、「天皇さん」という言い方である。京都の人は、天皇さんは東京に仮住まいしているくらいに思っているから、おもしろい（このあたりの薀蓄については、祇園のお茶屋さんで聞くのがよいらしいが、そんな機会は私のごときには永遠にないだろう、残念！）。考えてみれば、古墳から、神社仏閣に至るまで、それは「天皇さん」ゆかりのものなのである。さん付けで呼ぶのは、尊崇より、敬愛の気持ちが勝っているからなのだろう。何と言っても、身近なのである。と同時に、関西に住む人びとが歴史を身近に感じている証拠でもある。私の勤務校の所在地からして、神功皇后陵ゆかりの「山陵町《みささぎちょう》」なのだ。

薬師寺では、天武天皇の忌日に、薬師寺を建立した天皇のご遺徳を偲ぶ法会が行なわれる。天武天皇が崩御されたのは、朱鳥元（六八七）年九月九日なので、月遅れの十月九日に、天武天皇忌日の法会を行なうのである。これが「天武忌（てんむき）」である。しかし、地元の人びとは、それを親しみやすく「天武さん」と称するのである。ちなみに、橿原神宮の四月三日の神武天皇祭も「神武さん」と呼ばれて親しまれている。

二十年ほど前に、故高田好胤管長から、「あんた、万葉集勉強してはんのやったら、うちの『天武さん』に来て、願掛けせんとあかんで……」とお声を掛けていただいた日のことを今も鮮明に覚えている。当時は、情けないことに「天武さん」の意味がわからず、私はきょとんとしていた。すると管長は「ほんまはね、『国忌』とか『御国忌』といわなあかんのやけどな」と言葉を継がれたのであった。私は当時、東京の目白の和敬塾という学生寮に住んでおり、そこに管長様が講演に来てくださったのであった。

「国忌」「御国忌」とは、天皇崩御の日に、定められた寺々において行なわれる追善供養のことであり、薬師寺においては、本寺創建の天武天皇の忌日にその追善供養を行なうのである。なお、「国忌」は「こき」ないし「こくき」と読みならわされている。対して、接頭語の「御」がついた場合には「みこっき」と呼ばれることが多いようである。

明日香の檜隈大内陵《ひのくまのおおうちりょう》すなわち天武・持統天皇合葬陵に詣で、寺に帰って天武天皇、持統天皇、大津皇子の画像に対して、供養が行なわれるのである。現在、拝しているのは小倉遊亀画伯の手によるものである。こういう法会のあり方は、中世の御影供《みえいぐ》に近いものであろう、と考えられる。中世においては、開祖や学問の師の画像（御影）を掛けて供養を行ない、その後継者たちが、その道の精進を誓いあったのである。和歌の道なら、柿本人麻呂の人麻呂影供《ひとまろえいぐ》がそれにあたる。人麻呂影供では人麻呂の御影を掛けて、供養が行なわれたのである。薬師寺では、この影供のあとに、食事が参会者に振舞われる。食を共にすることで、創建の昔に思いをはせるのである。つまり、薬師寺の「国忌」は、天武天皇のご遺徳を偲ぶ日なのである。

さて、宮廷行事としての「国忌」の淵源は古く、その初出を『日本書紀』に求めることができる。天武天皇崩御の一周忌にあたる持統天皇元（六八七）年九月九日の記事に、

九月の壬戌《じんじゅつ》の朔にして庚午《かうご》に、国忌の斎《さい》を京師《みやこ》の諸寺に設《ま》く。

とある。これが以後年中行事化したと考えられ、平安時代においても、天皇は廃朝、諸司は廃務と決まっていた。すなわち、公務が行なわれないのである。さらに、楽をなすことが禁じられ、犯すものは杖刑に処せられるという規定が存在していた。つまり、「国忌」とは、国家が定めた特定の天皇、ないしそれに順ずる人びとの忌日であるということができるのである。大宝二（七〇二）年には、これに加えて天智天皇の「国忌」が加わることとなる（十二月三日）。以降、増え続け桓武天皇の時代には十六に及ぶようになる。その「国忌」の初見が、天武天皇であることは、興味深い。なぜならば、壬申の乱に勝利して、都を明日香に戻した天武天皇直系の皇子たちが、藤原京・平城京の時代を通じて即位し続けたことを考えると、天武天皇とその后・持統天皇に続く人びとにとって、天武天皇は「祖」とも仰ぐべき存在だったからである。つまり、天武天皇は、新王朝を開いた「皇祖」ともいうべき天皇だったのである。逆にいえば、「国忌」とは、単なる天皇の追善供養ではなく、先帝の遺徳を偲び、自らに繋がる歴史に思いをはせる日ということができる。とすれば、この「国忌」を通じて、皇統意識のごときものが形づくられたと見ることもできるだろう。

その天武天皇の葬礼は、二年余という長期に及ぶもので、それは殯宮《もがりのみや》で行なわれた。「殯」とは、死者を客としてもてなすことで、死者の埋葬をもって終わる儀礼である。かつて、私は、天武天皇の殯宮儀礼について、新生天武王朝の幕開けを飾る最初の政治イベントと称したことがあるが、それほど大きな意味のあるものであった。たとえば、当時整いつつあった律令諸官制の整備は、天武天皇の殯宮への拝礼によって、亡き天皇に報告されるかたちになっているのである。また、当時整備されつつあった正月儀礼も、それが宮廷において最初に行なわれたのは、天武天皇の殯宮であった可能性が極めて高いことが指摘されているのである。すなわち、天武天皇と続く持統天皇の時代は、宮廷におけるさまざまな儀礼が確立されていった時代であり、そのなかで「国忌」の制も整えられていったのである。

さらに注意しなくてはならないことは、持統天皇元（六八七）年九月九日は、天武天皇は埋葬以前であり、その殯宮においてはさまざまな儀礼が行なわれていたことである。つまり、宮廷における殯宮儀礼と同時並行で、都の「諸寺」で追善供養が行なわれたのである。

ところで、この天武天皇の殯宮儀礼がはじまるその日に、皇位継承争いに敗れ去った皇子がいる。それが、大津皇子である。現在、薬師寺で行なわれている「国忌」において、天武天皇、持統天皇のみならず大津皇子の供養がなされるのはそのためである。持統天皇は、草壁皇子（日並皇子）にどうしても皇位を継承させたかったのである。そういう理由で、死に追いやられた大津皇子を、薬師寺では手厚くお祀りしているのである。これは、「薬師寺縁起」の大津皇子伝承に基づくものであろうが、そこには敗れ去りし人びとをも祀ることによって、その加護を願う宗教心意が働いているのであろう。花会式においても、大津皇子は「大津聖霊」として大切に祀られている。

こうして見ると、「御国忌」はまさに万葉歌人の影供なのであり、駆け出しの万葉学徒であった私に、故高田管長が「天武さんに、お参りに来なあかんで……」とお声を掛けて下さった意味がよくわかるのである。本書を書きながら、あらためて我が愚を悟った次第である。

非業の死者を追善することは、日本の宗教文化の特質のひとつであると私は考えている。『万葉集』には、皇位継承争いに敗れ去った有間皇子《ありまのみこ》や大津皇子、さらには長屋王《ながやのおおきみ》の挽歌も多く収載されている。もちろん、事件の当時はそれらの人びとに哀悼の気持ちを表すことは憚られたであろうが、時が経つと日本人は彼我の区別なく、追善供養をするようになるのである。むしろ、非業の死者の怒りの気持ちを鎮め、逆にその力によって加護を求めようとする心意も存在するようである。これは、日本の宗教文化に受け継がれた伝統でもある。社会がグローバル化した今、こういった宗教文化の伝統を、文化摩擦の解消のために、海外に発信していく必要が出てきたようである。つまり、説明をしていく必要があるのである。もちろん、そういう発信をする前に、われわれこそ先に学ぶ必要があるのだが……。

オペラ『遣唐使――阿倍仲麻呂』の脚本を書いて

遅筆の私が、『魂の古代学――問いつづける折口信夫』（新潮社）を責了した二〇〇八年八月のある日の午後のこと。研究室の電話が鳴った。すると「あのぉ、用件のある時だけ電話を掛けて済まんのやけど……」と声が聞こえてくる。いつものあのやさしい声だ。薬師寺の山田法胤副住職（現・管長）の話を聞くと、薬師寺で行われる平城遷都一三〇〇年の記念コンサートのアドバイスがほしいということらしい。以降、山田副住職と、製作・総指揮のブルース・ベイリーさん（日本ロレックス・社長）と、芸術監督の松下功さん（東京藝術大学教授）とで話し合いがもたれ、新作の記念オペラを作るという話になった。テーマは、遣唐使。とすれば、まずは原作と脚本が必要となる。私は、ここは瀬戸内寂聴先生なのかなぁ、などと思いつつ会議に出ていたのだが、会議室から外に出る時には、自分が原作と脚本の担当者になっていた。「上野センセイ、いけまっしゃろ」とベイリー社長。なんと関西弁がうまいんだろう。

「えっ、ぼくがですかぁ」と私。

安請け合いを後悔しつつ家に帰ると、旧知のとある出版社の社長N氏から、新作オペラのＤＶＤが届いていた。ご丁寧に脚本まで付いている。お礼の電話を掛けたが、まさか自分がオペラの脚本を書くなどとは口が裂けても言えない。だいたい、私は研究者だ。オペラなんて書けっこない。素案だけ作ろう。

しかし、素人には素案さえ難しかった。えぇい、もう物語を作るのはやめよう。まがりなりにも、私は学者だ。史実を脚色することにした。『万葉集』を見ると、天平五（七三三）年の遣唐使の母の祈りの歌があるではないか。遣唐使を送りだした母のことを書きたい、と急いでメモを取った。調べてみると、この遣唐使の第三船は、帰路ベトナムまで漂流し一一五名中、生きて帰国できたのは、たった四名のみ、と『続日本紀』にある。彼ら四名は、阿倍仲麻呂《あべのなかまろ》の斡旋《あっせん》で玄宗皇帝の助力を得て、渤海国経由で帰国したのである。そこで、私はこう思いを巡らした。遣唐使を送った母はどんな気持ちで子を送りだしたのか、生き残った四名はどんな思いで日本に帰り着いたのか、四名を助けるために玄宗皇帝を動かした阿倍仲麻呂は、いったいどんな人物だったのか。よっし、これで行こう！

ここからもかくかくしかじかと省略するが、結局オペラは私の脚本で、二〇〇九年の六月十日に薬師寺で一幕と二幕が上演された。もちろん、見た人は絶賛してくれたが、これは社交辞令九十九％のはず。そして、二〇一〇年の六月十日に、薬師寺で三幕と四幕が上演されて完結した。以上が、私の千三百年祭だ。

ここまで書いて、疑問がわいてきた。山田副住職が前著の原稿提出日に電話を掛けてきたのはなぜか、まるでその日を知っていたかのように。そして、なぜ家にオペラのＤＶＤが……。ひょっとすると、どこかに黒幕が……。

おわりに──書淫日記始末

日ごろから可愛がってもらっている山折哲雄先生、われらが「山折の翁《おきな》」から、こんなことを最近言われた。「君、五十を過ぎたんだから、いつ死んでもいいという覚悟で仕事には始末をつけておかなきゃいかんよ。昔は、人生五十年だったんだから……」と。こういうお説教を素直に聞くような私ではないので、「そりゃ、先生、文豪、大家の言うことで、私なんぞ、どうしてまとめておく必要などありましょうや」と言い返した。すると、山折翁、「おう、そうだな」と一言。

私は、肩透かしを食らったように、二の句を継ぐことができなかった。私が求めていた返事は、「何を言うか！　君だって、一人前の物書きになったじゃないか。だから、しっかり書いた文章を書物に残しておかなくてはいけないよ。君のエッセイで本にしていないものも多いだろう。一冊にまとめなさい！」であった。だから、「おう、そうだな」と言われたので、「あぁ」とがっくりきてしまったのである。

つまり、本書は二流の物書きの二流のエッセイ集ということか。ただ、今、校了の日に思うには、やはり、まとめておいてよかった、と思う。まがりなりにも、今までの文業のうち、新聞や雑誌に発表したエッセイを、一冊にまとめることができたからである。第一、この機会がなかったら、私も文集を作ろうとは思わなかったであろう。たぶん、本書を持って、山折翁のもとに献呈にいく時には、こう言うだろう。「死ぬ覚悟と言うには、あまりにもお粗末で、まだ死ねませんが、とりあえず、まとめておきました」と。たぶん、翁はこう言うだろう。「やはり、この程度のものだったのか」と（ここは見物だ）。

末筆ながら、雑文収集の労をとられた山口亜希子氏、大場友加氏、そして佐伯恵果氏にはお礼を述べたい。また、奇特なミネルヴァ書房の社長・杉田啓三氏と、諸事万端の実務をなされた川松いずみ氏にお礼を申し上げたい、と思う。ありがたいことであった。それも、これも、ご縁に感謝！

著者しるす

二〇一三年　立夏

初出一覧

一　人生あをによし　「朝日新聞」奈良版、二〇一三年一月二十日～二月十六日

二　書淫日記　月刊「清流」二〇〇九年九月号～二〇一二年四月号

＊「32　阿部定予審調書を読む！」は書き下ろし

三　学者修業覚え書　「奈良新聞」一九九五年四月十四日～一九九六年三月八日

四　古典おもしろ第一主義

私は古典おもしろ第一主義でゆきます！　「朝日新聞」二〇〇五年七月七日夕刊

旧聞日本橋、異聞　「日本橋」第三三巻第一号、二〇一二年二月一日

故郷からのたより　「摂陵」二〇〇二年十一月二十一日

万葉集の楽しみ　「日本経済新聞」二〇一〇年六月三、十、十七、二十四日

五　妄語妄想

店主口上　「読売新聞」二〇一二年八月十一日

日々のため息から　「読売新聞」一九九九年十月九日～十月十二日

クリスマス・練炭・バルタン星人　「玄海」二〇〇五年六月二十二日

唐物と虚栄心の話をしよう！	「唐物とアジア」二〇一一年一月二十九日
博多、母、そして『万葉集』	「産経新聞」二〇〇七年五月十四日
甘樫丘の佐藤榮作首相――『佐藤榮作日記』から	「明日香風」第一一五号、二〇一〇年七月一日
娼婦に語りかける折口信夫	「正論」第四四二号、二〇〇九年一月
国文学は瑣末な学問である	「出版ダイジェスト」二〇一一年十月一日
「今」「自分」と繋がる宝物	「読売新聞」二〇〇九年十月三十日
祖を偲び、歴史に学ぶ「御国忌」	「薬師寺」二〇〇四年十一月十日
オペラ『遣唐使――阿倍仲麻呂』の脚本を書いて	「産経新聞」二〇一〇年七月三十一日

＊右記以外は書き下ろし

《著者紹介》

上　野　　誠（うえの・まこと）

1960年，福岡県生まれ。國學院大學大学院文学研究科博士課程後期単位取得満期退学。現在，奈良大学文学部教授（国文学科）。博士（文学）。研究のテーマは，万葉挽歌の史的研究と，万葉文化論。第12回日本民俗学会研究奨励賞受賞。第15回上代文学会賞受賞。歴史学や考古学，民俗学を取り入れた万葉研究で，学界に新風を送っている。また，近年ではオペラ『遣唐使』の脚本も執筆。古典を学ぶ楽しさを多くの人に伝えるため，精力的に活動している。

著　書　『万葉びとの生活空間―歌・庭園・くらし』（塙書房，2000年），『大和三山の古代』（講談社，2008年），『魂の古代学―問いつづける折口信夫』（新潮社，2009年，第7回角川財団学芸賞受賞），『万葉びとの奈良』（新潮社，2010年），『よしのよく見よ』（角川学芸出版，2011年），『万葉挽歌のこころ―夢と死の古代学』（角川学芸出版，2012年），『心ときめく万葉の恋歌』（二玄社，2012年），『はじめて楽しむ万葉集』（角川学芸出版，2012年）など多数。また，小説『天平グレート・ジャーニー―遣唐使・平群広成の数奇な冒険』（講談社，2012年）も好評を博している。

書淫日記
――万葉と現代をつないで――

2013年6月20日　初版第1刷発行　〈検印省略〉

定価はカバーに
表示しています

著　者　上　野　　誠
発行者　杉　田　啓　三
印刷者　坂　本　喜　杏

発行所　株式会社　ミネルヴァ書房
607-8494　京都市山科区日ノ岡堤谷町1
電話代表　(075)581-5191
振替口座　01020-0-8076

　冨山房インターナショナル・兼文堂

ISBN 978-4-623-06655-1
Printed in Japan

シリーズ「自伝」my life my world

精神医学から臨床哲学へ　木村　敏著　三七六頁　二八〇〇円

生物学の夢を追い求めて　毛利秀雄著　二九〇頁　二八〇〇円

情報を読む力、学問する心　長尾　真著　三三二頁　二八〇〇円

新しい歴史像を探し求めて　角山　榮著　二〇四頁　二五〇〇円

社会学　わが生涯　富永健一著　四八二頁　三〇〇〇円

アジアのなかの日本再発見　上田正昭著　二八四頁　二八〇〇円

実証政治学構築への道　猪口　孝著　二七二頁　二八〇〇円

一般均衡論から経済学史へ　根岸　隆著　二五六頁　二八〇〇円

ある社会学者の自己形成　盛岡清美著　三三六頁　三〇〇〇円

生命のつながりをたずねる旅　岩槻邦男著　三六〇頁　三〇〇〇円

環境考古学への道　安田喜憲著　三七〇頁　二八〇〇円

国際法の現場から　小田　滋著　四〇〇頁　三二〇〇円

ゲーム理論と共に生きて　鈴木光男著　三七二頁　三五〇〇円

言語文化の深層をたずねて　堀井令以知著　四三〇頁　三五〇〇円

以下続刊

青柳正規　上田閑照　小田　滋　小和田哲男　加藤尚武

川勝平太　川崎和男　古在由秀　佐藤文隆　鈴村興太郎

橘木俊詔　鳥越　信　西尾幹二　速水　融　樋口恵子

藤田紘一郎　古田武彦　宮本憲一　山之内靖　山内昌之

＊敬称略、五十音順
（二〇一三年六月現在）